KB017779

문혁의 기억

문혁의 기억

뤄잉駱英 시집 · 김태성 옮김

역사 기억의 청산

중국 사회의 발전을 위해서는 반드시 역사의 기억에 대한 철저한 정리가 필요하다. 빈번하고 복잡하며 피비린내 가득했던 갖가지 유형의 정치투쟁은 차치하더라도, 적어도 그 무시무시했던 문혁(文革)은 반드시 청산되어야 한다. 문혁이 중국 민족의 모든 치욕감과 도덕의식, 신사 정신을 철저히 제거해 버리고 그 자리를 건달 기질과 무뢰한 행위, 그리고 타인을 지옥으로 내모는 잔혹한 사회 문화로 대신 채웠기 때문이다. 제2차 세계 대전이 끝나고 독일은 줄곧 나치의 만행에 대한 심판을 지속해 왔고, 3만여 차례에 걸친 공개재판이 한 민족의 기억에서 죄악의 흔적을 깨끗이 씻어냈다. 죄책감과 치욕감이 있어야만 그 민족은 다시금 자존과 함께 타인에 대한 존중을 회복할 수 있다. 그럼 우리 중국인들은 어떤가? 우리는 망각을 가장하고 있다. 아니면 앞을 향해 나아간다는 명목으로 이 상처를 들추려 하지 않는다. 이런 상황이 가져올 문제는 어느 날 아침 일찍, 홍위병(紅衛兵) 완장을 찬 사람들과 '조반은 정당하다(造反有理)'는 표어가 또다시 우리 눈앞에 나타날지 모른다. 그때는 정말로 민족의 역사에 커다란 재난이 될 것이다.

나는 한때 문혁의 적극적인 참여자였다. 나이가 어려 직접 살인을 하거나 방화를 하지는 않았지만 상당한 투쟁 정신을 키웠다. 지금도 나는 우아한 선비의 모습을 지니고 있지만 때로는 마음속으로 살기를 느끼거나 악한 상념이 용솟음치곤 한다. 왜 그럴까? 나는 지금도 여전히 홍위병이기 때문이다. 지금의 사회에서 사람들은 모두 포스트홍위병 시대를 살고 있기 때문에 누구도 그 투쟁의 정서에서 벗어나지 못한다. 이른바 말세의 정서다. 탐욕이 횡행하고 사회에 사나운 기운이 가득하여 우리가 포스트문혁 시대를 살고 있음을 증명해준다. 이는 우리가 한 번도 이 모든 것의 청산을 시도하지 않았기 때문이고, 우리가 여전히 이런 것들을 필요로 하기 때문이다. 이것이 바로 우리의 비극이다.

문혁은 중국의 현대성 곤경의 또 다른 체현이라 할 수 있다. 광대한 군중이 프롤레타리아 독재를 위해 자유를 양도했고, 정치투쟁을 위해 존엄을 팔아버렸다. 모든 것이 조국의 미래와 민족의 부흥, 인민의 복지를 위한 것이라는 거내시시의 미몃 아래 사회 전체가 서로를 죽이고 무정하게 공격했다. 현대성이 서로 다르고 나양헌 것이라면, 현대성의 곤경 역시 다양할 것이다. 우리는 거대서사를 가질 수 있고 자유를 양도할 수 있으며 존엄을 팔아버릴 수 있다. 하지만 반드시 해명해야 할 것이 있다. 이 모든 것이 지나간 뒤에 우리의 존재 의미가 무엇인가 하는 것이다. 우리는 벼락부자가 되어 물질을 향유하며 부유하게 살 수만은 없다. 우리는 역사의 정리와 영혼의 참회를 실천하는 민족이 되어야 한다. 따라서 민족 전체가 속죄해야 하고 우리가 일찍이 행했던 것들과 앞으로 행하게 될 유사한 과오에 대해 반성하고 경계해야 할 것이다.

이것이 바로 내가 『문혁의 기억』을 쓰는 시작의 목적이다. 이런 시는 우리 세대만이 쓸 수 있다. 우리 세대 전체가 이러한 폭력의 집행자이자 참회자들이기 때문이다. 진실과 거짓, 아름다움과 추함의 가치판단은 이 시집에 담긴 시들과는 무관하다. 이 시들은 이야기이자 현대적 향가이며, 슬픔의 노래이자 악한 마음이 토해 낸 기억이기 때문이다. 이런 시를 쓰는 사람은 불행하고 읽는 사람도 불행할 것이다. 우리는 모두 불행해야 한다. 그런 다음 이 불행 위에서 진실을 바탕으로 한 진정한 행복을 되찾아야 한다.

마지막으로, 다시 한번 이 모든 것들을 저주한다. 시의 이름으로.

2013년 7월 31일
뤄잉

차 례

제3부 함께 공부했던 소년들

제4부 우리는 모두 홍위병이다

제1부

문혁의 기억–
전전(前傳)

들어가는 시

한밤중, 몸을 일으켜 먼 듯 가까운 듯 들려오는 소리에 귀를 기울인다

말일까, 악마일까, 아니면 킬러인지도 모른다

달리면서 거둬들인 발굽 혹은 발이 굳세게, 그리고 천천히 움직여

밤낮으로, 나를 쫓고, 나를 훔쳐보고, 나를 적대시한다

형태도 없이, 코를 자극하고, 항상 큰 소리로 기침을 하면서 몸을 떤다

시뻘겋고 긴 혀로 한 조각 한 조각 피폐한 유골과 영혼을 만다

한 번도 날아본 적이 없지만 끊임없이 거대한 날개를 퍼덕인다

때문에 나는 어둔 그림자 속을 달려야 한다, 막다른 궁지에 몰린 뱀이 쉭쉭- 소리를 내는 것처럼

이는 내 상상 속 환생의 과정이라 모든 것이 조용해진다

숨소리가 벽을 사이에 둔 건넛방 늙은이의 방식으로 생경하고 무정하게 이리저리 기복하고

지난 일들은, 차마 돌아볼 수 없어 개미 떼처럼 숨소리
조차 내지 않고 기어오른다
두려움과 치욕 그리고 온갖 변종들이 독한 불처럼 세상
의 모든 통로를 틀어막고 있다
모든 것이 찢어지는 상상을 할 때쯤이면 오히려 하늘이
희미하게 밝아온다
엷고 흐릿하게, 가볍고 얇게, 그리고 끝없이
역사의 주인인 듯 거대한 손을 하늘을 향해 휘젓는다

뾰족한 이빨을 드러내 세기의 모든 것에 대해 조소를
던진다
때문에 나는 모든 하늘과 태양, 달과 별을 비웃는다
차라리 고개를 쳐들고 우주 깊은 곳을 향해 "멍청한 세
월!"이라고 욕을 퍼붓는다

▸ 2012년 10월 5일 18 : 32 / MU5171기 6A. 황산(黃山)에서 베이징으로 돌아오는 길

16

마른 뼈의 아버지

1

나의 아버지는 훌륭한 사람이 아니었다

화가 나면 거칠게 손바닥을 휘둘렀다

내가 두 살 때 아버지는 나를 때려 울리시고는 다시 나를 품에 안고 부뚜막 위에서 잠이 들었다

눈길을 비스듬히 하고 내가 자는지 귀를 기울이기도 했다

내가 세 살 때 아버진 온몸에 밧줄이 감겨 끌려갔다

그들은 아버지가 반혁명 현행범이라고 했다

아버지는 닝샤(寧夏) 쌍반(雙反)*의 혁명 성과였다

아버지는 인민의 적이 되어 시후(西湖) 농장에 감금되었다

적이 너무 많고 감옥은 너무 작다 보니 병이 났다

감춰 둔 석 달 치 약을 한꺼번에 깡그리 목구멍에 털어넣었다

---

* 쌍반(雙反) : 1960년대 초, 닝샤에서 발생했던 전대미문의 '반지방민족주의 반당 집단' 운동과 '반악인악행' 운동을 말한다.

17

그들이 황량한 물가에 파묻을 때까지 아버지는 두 눈을 감지 못했다

짙은 눈썹, 두꺼운 입술

인민의 적이다 보니, 묘비 하나조차 세울 수 없어 아버지는 한 마리 개처럼 그렇게 썩어 가야 했다

이때부터, 아버지는 황원의 백골이 되어 색도 냄새도 없었다

나중에, 또다시 혁명이 승리하자 아버지에게 무죄가 선포되었고 3천 위안의 배상금이 주어졌다

하지만 밧줄에 칭칭 감겼던 아버지의 영혼을 어떻게 풀어드려야 할지 알 수 없었다

▸ 2012년 10월 5일 18 : 50 / MU5171기 6A. 황산에서 베이징으로 돌아오는 길

2

조국에 대한 나의 기억은 기아와 빈곤, 치욕과 비굴로부터 시작되었다

하지만 아버지에 대한 기억은 당신의 체포 대회로 끝이 났다

혁명을 외치던 사람들은 반혁명 분자들을 무수히 잡아

갔다

거칠고 단단한 밧줄로 아버지의 두 팔과 목을 세게 옭아맸다

아버지는 당신이 공산당원이라고 마오(毛) 주석님께 충성을 다했다고 외치고 싶었을 것이다

하지만 겨우 세 살이던 나는 이것이 절망의 슬픈 울음이라는 것을 알지 못했다

그들은 아버지의 가슴을 아프게 짓눌렀다, 아버지는 두 눈을 감았다

그런 다음, 명령에 순종하는 사병처럼 순순히 고개를 숙였다

아버지는 서북 야전군 대대장으로 수많은 국민당 병사들을 죽였고,

장제스(蔣介石)를 몰아내고 조국의 서쪽 변경을 건설했던 기록이 있기 때문이다

아버지는 란저우(蘭州)에서 양곡을 운송했고 닝샤에 길을 닦고 다리를 세웠다

당 서기가 되어 열정적으로 인민을 영도하면서 당에 전략과 정책을 올리기도 했다

아버지가 체포된 것도 당연히 혁명의 이름으로였다

사람들은 구호를 외치면서 아버지의 따귀를 때렸고 내게는 울거나 발을 구르지도 못하게 했다

아버지는 눈을 감은 채 발밑에서 공포에 질려 떨고 있는 나를 내려다보지 않았다

아버지는 전우들의 성난 고함 속에서 가볍게 몸을 떨었다

마오 주석의 전사들은 당의 명령에 가장 잘 따랐다, 어디든지 가라면 갔다

아버지는 트럭 위에 무릎을 꿇고서 눈 깜짝할 사이에 아주 깊은 어둠 속으로 사라져갔다

▸ 2012년 10월 5일 19 : 21 / 제2터미널 공항고속도로에서

3

아버지는 죽어서, 떠돌아다니는 영혼이 되었다 무덤이 없었기 때문이다

어쩌면 장제스의 군대와 싸울 때 너무 잔혹했기 때문에 이런 신세가 된 것인지도 모른다

아버지는 긴 칼을 적군의 가슴 깊숙이 찔러 넣은 적이 있었다

어쩌면 그는 방금 군복을 입은 같은 고향의 농부였는지도 모른다

전해지는 얘기에 의하면 아버지는 약 한 줌으로 자신을 죽일 때 아무 소리도 내지 않았다고 한다

아버지는 땅바닥을 뒹굴며, 자신의 가슴을 꼭 움켜쥐었다

교도원이 개처럼 끌고 갈 때도 아버지는 발버둥치지 않았다

나는 그것이 충성의 표현이 아니었을까 추측해 본다

불과 십여 분 만에 아버지는 무덤이 흩어진 산언덕으로 사라졌다

그곳에는 이미, 반혁명 분자들을 처형하는 무수한 구덩이들이 마련되어 있었기 때문이다

혁명에 전투가 필요할 때, 아버지는 전투를 벌였고

혁명에 희생이 필요할 때, 아버지는 희생물이 되었다

아버지는 아주 냉정한 방식으로 이 세상에서 사라졌다

아버지는 아주 잔인한 절차로 나에게 슬픔을 남겼다

이때부터, 아버지가 개처럼 죽어간 것처럼, 나도, 개처럼 생존해야 했다

나는 절대로 자신을 죽이지 않았고, 절대로 새로운 삶을 얻지도 않았다

모든 무덤을 향해 나는 숭고한 경의를 표한다

모든 백골을 향해 나는 존칭으로 아버님이라고 부른다

▸ 2012년 10월 5일 22 : 46 / 베이징 창허완(長河灣)에서

4

아버지는 인민들 속에서 자진한 뒤 20년이 지나 인민폐
3천 위안이 되어 돌아왔다

다행히, '황쥔푸(黃俊甫) 동지 복권'이라고 명기된 국가
의 증명서도 받았다

나눠 가진 5백 위안으로 나는 베이징 대학에서 사흘 동
안 술을 마셨다

친구들에게 우리 아버지가 저승에서 돈을 버는 영혼이
되셨다고 말했다

하지만 나는 줄곧 술잔 속에서 아버지의 눈동자를 보았
다

눈물 방울에 반사된 빛처럼 쉬지 않고 반짝이며 흔들리
는 눈이었다

모든 것이 복권된 시대에 나는 술 귀신이 되어버렸다

술 마실 돈을 주고 친구들에게 체면을 세워준 것에 대
해, 아버지께 감사한다

나와 형제들은 허란산(賀蘭山)에 아버지와 어머니를 합
장하면서

종이에 아버지의 이름을 써서 흙 속에 함께 묻었다

그리고, 아버지의 이름을 어머니 묘비 위에 새겼다

선홍빛으로 쓴, 아주 커다란 이름이 우리를 응시했다

내게는 아버지를 위해 군모를 쓰고 군인의 경례를 올릴 용기가 없었다

아직도 아버진 그 전우들에게 화가 나 있을지 모르기 때문이다

아버지가 살아 계셨다면, 아마도 총을 들어 그자들을 전부 죽여버렸을 것이다

사실, 아버지는 그다음 세월이 더 끔찍했다는 것을, 더 언급할 가치가 없다는 것을 알지 못한다

이때부터, 나는 술을 좋아하게 되었다 허풍을 좋아하고, 큰 소리로 말하는 것을 좋아하게 되었다

여학생들을 만나면 나는 항상 우리 아버지가 과거에 연대장이었다고 떠벌리곤 했다

▸ 2012년 10월 5일 23 : 24 / 베이징 창허완에서

다리를 저는 어머니

1

추측건대 어머니는 사실 글자를 잘 모르는 반문맹이었
을 것이다

닭털 총채로 나를 때리실 때면 눈빛이 무척이나 무서웠
지만

지금 생각해 보면 아마도 남자 역할을 연기하느라 그러
셨던 것 같다

반혁명 분자의 아내는 가장 천한 여인으로 취급되었다

어머니에겐 네 명의 자식이 있었고, 전부 학교에 진학
할 수 있기를 희망했다

어머니는 매일 흙을 파다가 팔면서 한 번도 고개를 든
적이 없었고,

별빛이 캄캄해질 때야 수레를 끌고 집을 나섰다

서른 남짓의 여인의 모습이 마치 수레에 매단 암나귀
같았다

어머니가 거리를 가로질러 갈 때면, 사방에서 욕설이
쏟아졌다

어머니는 거의 목욕을 하지 못했고 갈아입을 새 옷도 없었다

어머니는 걸음이 매우 빨랐다, 세상 마지막 날의 좁은 거리를 걷는 것 같았다

어머니는 무거운 마음으로 얼굴에 잔뜩 그늘을 지닌 채 밥을 하고 빨래를 하셨다

양식도 없고 옷도 없고 돈을 빌릴 데도 없기 때문인 것 같았다

자신이 죽은 뒤에 자식들이 제대로 살아갈 수 있을지 걱정스러웠던 것인지도 모른다

어머니는 어쩌다 울음을 터뜨릴 때면 두 손으로 땅바닥을 치면서 외쳤다

"정부는 도대체 뭘 하고 있는 거야!"

그 뒤로 어머니가 길을 걸을 때면, 거리 가득 어린아이들이 어머니의 걸음걸이를 흉내 냈다

그 뒤로 어머니가 길을 걸을 때면, 거리 가득 이웃들이 삐딱한 눈으로 쳐다보았다

▸ 2012년 10월 15일 20 : 55 / 베이징 창허완에서

2

어머니가 시신을 수습하러 갔을 때, 아버지는 이미 거친 들판을 떠도는 영혼이 되어 있었다

어머니는 남편의 유골을 찾기 위해 황야의 무덤 사이를 미친 듯이 걸어야 했다

무덤은 끝없이 이어졌고 그 위로 잡초가 길게 자라나 있었다

어머니는 어느 무덤 앞에 이르러 남편의 이름을 부르며 절을 올렸다

어머니가 거리에서 사람들을 향해 울면서 호소했지만

사람들은 눈길조차 주지 않으면서, 반혁명 분자의 가족이니 그래도 싸다고 말했다

어머니는 가로등 아래 밤새 소리 없이 앉아 있었다

그때 어머니의 자식들은 먹지도 마시지도 못한 채 구들 한구석에 몸을 웅크리고 있었다

이때부터 어머니는 한밤중에 일어나 이리저리 돌아다녔다

물을 져 나를 때면 방향을 못 찾기 일쑤였다

흙을 파서 버는 돈으로 네 아이를 부양하다 보니

채소 이파리와 남이 버린 뼈다귀를 수무 년서도 얼굴이 빨개지지 않았다

하루는 흙을 파다가 성벽이 무너져 매몰되고 말았다

다행히, 누군가 똥을 치우다가 밖으로 삐져나온 어머니의 손을 발견했다

다행히, 목숨은 부지했지만 이때부터 어머니는 다리를 절기 시작했다

다행히, 아직 일은 할 수 있었지만 머리에 거대한 흉터가 남았다

때문에, 그 작은 도시의 아이들은 어머니의 걸음걸이를 흉내 내기 시작했다

때문에, 그 작은 도시의 사람들은 어머니의 드러난 두피를 비웃기 시작했다

▸ 2012년 10월 15일 21 : 21 / 베이징 창허완에서

3

어머니는 성격이 좋았던 적이 한 번도 없는 것 같다

내가 오줌을 지릴 정도로 갑자기 무섭게 화를 내곤 했다

내가 이웃집 아이랑 싸워 이겼을 때도 어머니는 내게 호된 매질을 했다

이웃집 아이가 내 머리통을 깨뜨렸을 때도 어머니는 내 배를 세게 걷어찼

학교에 갈 때는 십 리 밖까지 쫓아 나와 내 책가방에서 만터우(饅頭)를 빼앗아갔다

학교에서 오류분자(五流分子)* 자녀에 대한 비판 투쟁이 있을 때는 연단 아래서 내게 잘못을 인정하라고 호통을 쳤다

내가 고개를 숙이지 않으면 어머니는 소리치셨다, 저놈을 쳐라, 쳐라, 쳐라.

나는 눈물 속에서 그 혁명의 시대를 견뎌야 했다

나중에, 내가 방 안에 틀어박혀 멍청하게 책만 보는 법을 터득하자 어머니는 더 이상 나를 들들 볶지 못했다

그저 매일 문을 지키면서 나 때문에 밤이 깊어서야 구들 위에 눕곤 했다

어머니가 자전거를 타고 야간작업을 하러 갈 때면 나도 함께 동행하곤 했다

내가 넘어져도 어머니는 더 이상 뒤돌아보지 않았다

과즈(瓜子)** 껍질을 벗겨 드리고 호두 속살을 발라 드려도 어머니는 가슴에서 우러나오는 반응을 보이지 않았다

어머니는 좀처럼 눈물을 흘리지 않았지만 내 눈에는 항

---

* 오류분자(五流分子) : 문화대혁명 시기 지주와 부농, 반혁명 분자, 악질 분자, 우파 분자 등 다섯 계층으로 '흑오류'라고 불리기도 한다.
** 과즈(瓜子) : 수박씨나 해바라기 씨, 호박씨 등을 소금이나 향료와 함께 볶은 중국인들의 주전부리.

상 눈이 벌겋게 젖어 있었다

한 번은 마침내 네게 돈 5편을 주면서 녹두떡을 사 먹
으라 했다

맙소사, 지금도 내가 기억하는 인간 세계의 가장 아름
다운 맛이었다

또 한 번은, 내가 구들 언저리에 앉아 밥을 먹다가 오른
쪽 다리가 화로 속으로 들어간 적이 있었다

여러 날 동안, 어머니는 나를 안아주었고 나는 그 온기
를 평생 간직했다

▸ 2012년 10월 15일 21 : 52 / 베이징 창허완에서

4

나중에, 어머니도 돌아가셨다, 밤샘 작업 도중 가스중독
이 원인이었다

그해 연세 쉰이라 정신이 가장 피폐했을 때였다

그때는, 내가 마침내 지식청년이 되었지만, 이미 어머니
의 기력을 다 소진했기 때문이라고 생각했다

지금은, 어머니가 세월과 사람들을 죽도록 미워했기 때
문이라는 생각이 든다

어머니는 병상에 누워 욕창으로 살이 썩어갔고, 목에서 수시로 가래가 나왔다

어느 날 내가 큰 소리로 불렀을 때 어머니의 눈가에 눈물이 그렁그렁했지만 미칠 정도로 기쁘신 것 같았다

어머니는 여덟 달을 버티시다가 결국 하룻밤에 연기가 되고 마셨다

한쪽 다리를 저는 데다, 머리에 흉터를 지닌 채 새 옷을 입고 관에 드셨다

반혁명 분자의 아내였지만, 더 이상 베이징으로 억울함을 호소하러 상방(上訪)할 수 없게 되었다

나도 반혁명 분자의 아들이지만, 더 이상 매를 맞지 않아도 됐다

우리는 어머니는 허란산에 묻었고 해마다 묘를 쓸러 갔다

다행히, 어머니는 묘비에 '엔슈잉(顔秀英)'이라는 이름 석 자를 새길 수 있었다

우리는 아버지의 이름을 적은 종이를 어머니 무덤에 넣고 임시로 합장했다

나는 어머니가 아버지의 이름을 입에 올린 것을 한 번도 들어본 적이 없다

돈이 생기자 나는 어머니를 위해 커다란 암석 묘를 다시 조성했다

크고 높고 둥근 무덤이었다, 틀림없이 어머니가 그 안에서 기뻐하실 거라고 생각했다

이 세상에서 마침내 어머니는 안전해지셨다 그녀의 남편이 복권되었기 때문이다

그녀의 아들은 이미 포브스 부호 명단에 얼굴을 내밀고 있다

올가을 고향에 가면 또 한 번 묘지를 찾아 고두의 예를 올릴 작정이다

어머니를 위대하고 가련했던 '중국 여인'이라고 불러드리고 싶다

▷ 2012년 10월 15일 22 : 16 / 베이징 창허완에서

석유 노동자 황위바오 黃玉葆

황위바오는 석유 노동자다, 물론 그는 내 형이기도 하
다

장남으로서 그는 인간 세상의 고통을 더 많이 감당해야
했지만 이를 한 번도 입 밖에 낸 적이 없었다

중학교 때 형은 학업을 그만두고 영화관에서 간판 그림
을 그리는 도제공이 되었다

형이 집으로 가져오는 연환화는 내 문학의 계몽이 되었
다

형은 온몸이 물감투성이가 되어 아침 일찍 나갔다가 밤
늦게 돌아왔다

오늘 형은 참 좋으신 사부님이, 감자를 주셨다고 하면
서

절반을 남겨 내게 가져다주었다, 다 먹고 나서 나는 울
면서 더 달라고 했다

화가 난 형은 나를 밀어 넘어뜨리고는 문을 박차고 나
가 버렸다

돈을 더 벌기 위해 형은 고비사막으로 가서 석유 노동
자가 되었다

형은 석유 노동자가 얼마나 빛나는 직업인지 아느냐고
말하곤 했다

당연한 일이지만 반혁명 분자의 자식이라 언제든지 형
을 겨냥한 비판 투쟁대회가 열렸다

대회가 끝나면 혁명가들을 위해 담벼락에 마오 주석의
거대한 초상화를 그려야 했다

열 살인 나는 형과 함께 비판대회가 끝나고 숙소로 돌
아오면서 큰 소리로 고함을 지르며 웃어댔다

혁명의 노래를 높이 불렀지만 음조는 심각하게 어긋나
있었다

우리는 고비사막의 모래밭에서 개구리와 쥐를 잡고 들
토끼를 쫓았다

저녁 식사가 끝나면 등불 아래 앉아 식권을 셌다

함께 일하는 친구들은 형이 억지로 웃는 모습을 보면서
피할 수 있도록 도와주었다

갑자기 발밑으로 날아드는 돌을 발로 걷어차 막아야 했
기 때문이다

▶ 2012년 10월 16일 22 : 52 / 베이징 창허완에서

측량제도 기사 왕위잉 黃玉瑛

우리 누나 황위잉은 성질이 사납고 입도 거칠었다

중학교를 졸업하면 누나는 석유 노동자가 되거나 보위 학교에 진학해야 했다

누나는 내가 상갓집 귀신처럼 울어댄다며 소금으로 내 입을 막아버렸다

엄마랑 다투다가 화나 나면 차에 몸을 던지거나 목을 매겠다고 엄포를 놓았다

나중에 측량 제도 기사가 된 누나는 일 년 내내 황량한 들판에 나가 있었다

그해에 누나의 동료 세 사람이 홍수에 휩쓸려 떠내려갔다

아마도 여자애들은 앞뒤 가리지 않고 비판 투쟁에 몰입했던 모양이다

아마도 누나는 울면서 소란을 피워 사람들의 입이 문드러지고 이가 빠지게 할 작정이었을 것이다

부녀자의 정념으로 계급투쟁에서 좋은 위치를 차지하려 했을 것이다

누나의 태도에 사람들은 두려움에 떨면서 협상을 하지

않을 수 없었다

문화대혁명이라 누구도 남을 두려워하지 않을 때였다

마침, 주자파 당권파들은 전부 타도되었다

그들은 더 이상 혁명의 이름으로 사람을 잡아가거나 죽이지 못했다

우리 누나는 모든 것을 부숴 버릴 듯한 자세로 빠른 걸음으로 자랑스럽게 걸어갔다

어머니를 묻은 뒤로 누나는 자녀들을 위해 고생하기 시작했다

낙타털로 짠 내 갖저고리를 가져다 아이들을 위해 속옷을 만들어주는 것도 잊지 않았다

내가 대학에 들어가자 누나는 수시로 30위안씩 보내 주었다

지금도 누나는 종종 전화를 걸어 고추 튀김이 먹고 싶지 않느냐고 묻곤 한다

▶ 2012년 10월 16일 23 : 15 / 베이징 창허완에서

지질 대원 황위디黃玉第

둘째 형 황위디와 나는 앙숙이었다

어린 시절 너무 배가 고프다 보니 우리는 항상 먹는 것을 놓고 다퉜다

형은 나를 때릴 때 좀 봐주곤 했지만 나는 인정사정 보지 않았다

한 번은 나를 데리고 말구유로 콩떡을 훔치러 갔다가 나만 내버려 두고 혼자 도망친 적도 있었다

마부는 나를 때리지 않고 오히려 콩떡을 나눠 주었다

나중에 담을 넘을 때는 얼굴이 까지고 입이 붓기도 했다

이웃집 아이 혼자서 우리 둘을 건드려도 우리는 반격하지 못했다

그의 아버지가 바로 옆에 팔짱을 끼고 서 있었기 때문이다

고등학교를 졸업하자 형은 지질 노동자가 되어 산과 물을 찾아 돌아다니기 시작했나

내게 용돈을 준 적도 없고 나를 향해 웃음을 보인 적도 거의 없었다

상업국에서 전자 기기 구매를 담당하게 되면서 허세가 대단해졌다

나는 형이 거래처로부터 리베이트를 받아 챙기고 술과 담배를 선물로 받으면서 아무런 걱정도 안 했을 거라고 추측했다

문화대혁명이 시작되자 관념이 서로 달랐던 우리는 매일 싸웠다

형은 조반파였고 나는 보황파라 홍보서(紅寶書)*를 높이 든 사람이 이겼다

우리는 아버지의 모습이 생각나지 않았고 이때부터 아버지를 부르는 일도 없어졌다

우리는 어머니와도 셀 수 없이 많이 싸웠다

우리는 풀어서 키운 늑대처럼 거칠기 그지없었다

지금 형은 내 부하가 되었고 나는 그에게 집으로 돌아가 자신의 노년을 보살필 것을 명령했다

▶ 2012년 10월 16일 23 : 35 / 베이징 창허완에서

---

*홍보서(紅寶書) : 마오쩌둥 어록을 미화하여 부르는 말.

내 이름은 황위핑黃玉平

1

사실 내 아명은 가핑(尕平)이었다

여섯 살 무렵 하마터면 굶어 죽을 뻔했을 때, 어머니는 나를 남의 집에 보낼 뻔했다

누나가 나를 안고 엉엉 울면서 죽어도 손을 풀지 않았다

그 뒤로, 나는 남게 되었지만 한시도 태평하지 못했다

매일 밤낮으로 울어대는 나를 가족들은 상문신이라 불렀다

요강을 너무 좋아했던 나는 항상 엉덩이가 부어 있었기 때문이다

아침이면, 어머니는 솥에 감자 두 개를 남겨 놓고 흙을 파러 나가셨고

항상 둘째 형이 이를 가로채 껍질도 남기지 않고 다 먹어버렸다

부뚜막에서 떨어진 나는 다시 기어 올라가지도 못했다

부스러기 대추를 너무 많이 먹다 보니 항상 설사와 탈항(脫肛)에 시달려야 했다

추수가 끝날 무렵 땅바닥에서 채소 잎을 줍다가 농민들에게 잡혀 양 우리에 갇힌 적도 있었다

누나가 울고불고 난리를 치는 바람에 날이 어두워서야 간신히 풀려날 수 있었다

추운 섣달에도 내 손발은 항상 얼어 있었고 코에선 쉴 새 없이 콧물이 흘렀다

이를 훔치다 보니 소매는 검고 윤이 났다, 지독하게도 완고했다

초등학교에 들어간 나는 당연히 도둑이었다

누군가 물건을 잃어버리면 모두들 내 가방을 뒤졌다

친구들이 함께 북을 연주할 때면 나는 너무 부러워 남몰래 울기도 했다

붉은 스카프를 가지고 맬 수 없었던 것이 내게는 아주 오랜 아픔이었다

▶ 2012년 10월 16일 23 : 51 / 베이징 창허완에서

2

사실 지금 생각해 보면 세월은 대부분 굴욕이었다

나는 옥수수를 훔쳤고 오리를 잡았고 남의 집 창문을

부쳤다

　나는 너무 어렸고 이웃은 너무 매몰차 항상 얻어맞은 나는 눈이 붓고 퍼렇게 멍이 들었다

　나도, 얻어맞은 다음에는 밤중에 그 집을 찾아가 벽돌을 던졌다

　그 집에 갓 태어난 영아가 벽돌에 맞아 죽을 뻔하자

　이웃은 백기를 들고 내게 붉은 사탕을 보내왔다

　세월은 이리처럼 그렇게 교활하고 굴복하는 일이 없었다

　나는 무뢰한 같았고 혁명자들은 나를 건달이라 불렀다

　식사를 할 때면 나는 다른 식객들이 먹다 남긴 밥과 국을 가져다가 깡그리 먹어 치웠다

　인촨(銀川)* 공원에서 대머리 독수리와 겨루기도 했다

　똥을 꽈배기로 오인하여 먹은 적도 있었다

　그때부터 나는 똥과 오줌을 먹는다고 해서 세상의 마지막 날이 오는 것은 아니라는 걸 알게 되었다

　그때부터 나는 자신이 위대한 조국의 천민이라는 것을 알게 되었고

　떠돌아다니면서 사흘을 먹지 못해도 길거리에 쓰러져 죽지 않는다는 것을 알게 되었다

　먹다 남긴 음식을 얻어도 허겁지겁 게걸스레 먹다가 토할 필요가 없다는 것을 알게 되었다

---

* 인촨(銀川) : 중국 닝샤 후이족(回族)자치구 우중(吳忠)에 위치한 시.

달빛 아래서 과즈(瓜子)를 훔쳐 먹을 때도 그 작은 한 알 한 알이 잘 익어 향기로워야 했다

내가 이 나라의 바퀴벌레라 해도 사람들은 나를 피할 수는 있어도 밟아 죽이지는 못했을 것이다

▸ 2012년 10월 17일 20 : 36 / 베이징 창허완에서

3

나는 죽음의 신을 알지 못하지만 어려서부터 자주 그와 어깨를 스치고 지나갔다

사실, 나는 늑대에게 먹히고 사람들에게 묻히고 황량한 산 위에서 굴러떨어져 죽었어야 했다

열한 살인 나는 혼자 허란산의 황량한 묘당에서 이리의 울부짖는 소리를 들어야 했다

밤새, 쉴 새 없이 밖으로 돌을 던지느라 온몸이 떨렸다

지금까지, 그 길었던 밤을 생각하면 화가 나고 공격적인 마음을 갖게 된다

삽대(揷隊)*되었을 때는 늑대를 알아보지 못해 무수한

---

* 삽대(揷隊) : 도시의 지식청년 즉 중고등학생들이 도시를 떠나 농촌 인민공사
  의 생산대에 들어가 그 지방에 정착하는 것을 말한다.

개들을 죽였다

열네 살 때는, 구리로 허리띠를 만들어 한 어린 녀석의 머리통을 깨뜨렸다

녀석의 외삼촌이 나를 붙잡아 차에 태워 황하 강가로 끌고 갔다

그는 구덩이를 파고 나더러 들어가라 했다, 나를 묻어 죽일 작정이라 했다

나는 그를 노려보면서 그의 조상 18대를 욕했다

그는 이를 악물어 화를 누르며 차를 타고 가 버렸다

나는 날이 밝아서야 지친 몸으로 집 문 앞에 도착했다

가을이 되어 허란산으로 개살구를 따러 갔다가 미끄러져 바위 위로 떨어졌다

양을 치는 사람이 나를 자기 집으로 데려가 어린아이의 오줌을 먹였다

덕분에 죽지 않고 살아 모래를 운반하는 차에 기어올라 집으로 돌아올 수 있었다

담장에 기대어 먹지도 마시지도 않고 멍하니 서 있었다

부호가 되어 신체검사를 할 때 의사는 내 간동맥이 오래전에 잘렸다고 말했다

7날 죽음의 신이 술에 취해 낮잠을 잔 덕분이었을 것이다

▶ 2012년 10월 17일 21 : 03 / 베이징 창허완에서

어머니는 민며느리였다, 그리하여 어느 날 고향은 청하이(靑海) 황위안(湟源)을 떠나왔다

나는 할아버지가 없는 아이라 태어나면서 생사가 엇갈리는 난관을 무수히 지나왔다

어머니는 늑대 떼에게 사흘 밤낮을 갇혀 있다가 간신히 풀려나기도 했다

우리 조국의 대지에서 천민이 되었을 때 나는 숨을 곳이 없었다

공선대 대표는 여학생을 둘러싸고 바지 가랑이가 항상 높다고 비웃다가

내가 노려보고 있는 것을 알고는 내게 반혁명자 아버지와 분명한 경계선을 그으라고 했다

군단 대표는 훈시를 통해 내게 마오 주석 만세를 큰 소리로 외치라고 했다

그래야 내 영혼 깊숙이 있는 더러운 사상을 잘 내보낼 수 있다고 했다

치우중펀(邱仲芬)은 해방군 수장의 마누라라 학교 전체에서 최고의 간부였다

그녀는 한 번도 나를 똑바로 쳐다본 적이 없고 언제나 나를 학교에서 쫓아낼 생각만 했다

그녀는 내가 학교에 남으려면 평생 나에 대한 처분을 당안(檔案)*에 기록해야 한다고 선언했다

나는 그녀를 난쟁이라 부르며 그녀의 면전에서 사무실 유리창을 전부 박살 내버렸다

여학생이 내 출신 성분을 비난하면 나는 깡패 출신이라면서 그녀의 옷에 먹물을 뿌려 버렸고

남학생이 우리 어머니를 욕하면 그 자리에서 이빨을 세 개나 뽑아 버렸다

땡땡이를 치고서 학교 담장에 올라가 『부활』을 읽으면서 인류가 제법 훌륭하다고 느꼈다

『스파르타』를 읽으면서 내가 검투사의 후예일지도 모른다는 생각을 했다

『몽테크리스토 백작』을 읽으면서 원한을 갚기 위한 인생의 커다란 계획을 세웠다

나는 '능욕당하고 손상된' 사람이라 저주할 권리가 있었다

▸ 2012년 10월 17일 21 : 50 / 베이징 창허완에서

---

* 당안(檔案) : 중국 국민의 개인신상기록부.

5

어렸을 때 비판 투쟁이 얼마나 있었는지 이미 잘 기억이 나지 않지만

내가 한 번도 고개를 숙이지 않았다는 것은 분명히 기억한다

그들은 내 친구에게 커다란 목총으로 나를 때리게 했다

주석대에서 내려온 나는 의자를 들어 그의 머리를 내리쳤다

물론 어렸을 때 얼마나 얻어맞았는지도 잘 기억이 나지 않는다

하지만 나는 자신이 한 번도 사죄한 적이 없다는 것을 잘 안다

나는 강철 채찍을 들고 다니며 낙오된 적을 무참히 공격했다

공기총 납탄으로 수영하고 있는 나쁜 놈의 얼굴을 쏘기도 했다

사실 작은 도시에 늑대는 없었지만 내 영혼은 항상 늑대에 물리고 찢겼다

도시 외곽에 태양은 밝았지만 내 마음은 한 번도 따스한 적이 없었다

처량한 이야기였다

마음 상하는 세월이었다

들춰내기에는 너무나 치욕스런 역사였다

국가가 걸어온 상처의 축적이었다

우리는 자기 아버지를 죽이고 자기 아이를 능욕했던 사람들이다

오늘, 우리는 잘 차려입은 가슴 한쪽에 드러나지 않는 통증을 느낄 것이다

고비사막 위의 황량한 무덤은 이미 존재하지 않는다

다 지나갔다, 우리들 가슴을 조이던 그 고난의 세월이

▸ 2012년 10월 17일 22 : 34 / 베이징 창허완에서

제2부

고개를
돌릴 수 없는
피비린내와
황당함

마오 주석의 홍소병紅小兵

열 살 때, 나는 이미 마오 주석의 전사 홍소병이었다

그해에 나는 마오 주석의 흉상이 새겨진 상장을 하나
얻어 가슴에 달고 다녔다

우리는 초등학교의 교실 유리창을 전부 깨뜨려 혁명을
과시했다

선생님들에게 변소를 청소하라는 명령을 내리고 고개를
숙여 죄를 인정하게 했다

학교 안에 표어를 써 붙이고, 구호를 외치면서, 혁명의
질서를 유지했다

사실, 당시에는 참새만이 감히 우리 머리 위를 날아다
닐 수 있었다

다행히, 붓글씨를 익힌 덕분에, 나는 대자보를 완성할
수 있었다

주로 교장이 숙제를 너무 많이 내주거나 고문을 외우게
하는 것을 비판하는 내용이었다

우리는 마오 주석에게 호소했다, 담임선생님이 교실에
서 마음껏 장난치고 떠들지 못하게 한다고

특히 걸핏하면 나를 세워 놓고 분필을 머리에 던진다고

어느 날, 나는 교장에게 홍소병 휘장을 사게 10위안을
지급하라고 명령했다

이때부터, 우리는 조반의 명분으로 직인과 소개서를 장
악하게 되었다

매일 이른 아침, 우리는 경애하는 수령님께 보고를 올
렸고

체육 교사에게 마오 주석 어록을 한 군데도 틀리지 않
고 외울 것을 명령했다

마침내, 나이 지긋한 교장은 수치심을 견디지 못하고
회나무에 목을 매 자진했다

우리는 그를 묶으며 외쳤다, 그가 인민을 향해 목을 맨
것이고, 당을 향해 목을 맨 것이라고

▸ 2012년 11월 6일 09 : 13 / 미국 로스앤젤레스 세인트마리 웜블리로드 1416

홍보서紅寶書

홍보서란 바로 마오 주석의 어록을 말한다, 새빨간 표
지에 금빛이 반짝거린다

신이 나 이 책을 높이 들어 올린 우리는 투지에 불탔고,
낡은 세계를 부수는 데 뜻을 세웠다

변론할 때면, 우리는 수시로 최고 지시를 인용하여 적
절히 활용했다

목적은 주자파를 넘어뜨리고 발로 짓밟는 것이었다

손에 홍보서를 높이 들고서, 우리는 매일 눈가가 젖도
록 열정에 가득 차 있었다

주석님의 말씀 한 마디 한 마디가 진리였고, 한 글자 한
글자가 금빛이었으며, 한 마디로 만 마디를 대신했다

그리하여, 홍소병들은 혁명의 방향을 향해 영원히 한마
음으로 흔들리지 않고 가는 붉은 눈동자들이었다

우리는 지주에 대해 투쟁하고 우귀사신(牛鬼蛇神)을 비
판했으며 입으로 글로 가차 없이 공격했다

우리는 늙은 교장을 비행기 태우고 긴 고깔모자를 씌웠
으며 흰 팻말을 목에 걸고 거리를 돌아다니며 군중 앞에
서게 했다

홍보서 앞에서 그의 두 눈은 굳게 감겼고 얼굴은 창백했다

그는 큰 소리로 마오 주석의 어록을 외움으로써 충성을 표해야 했다

그는 홍보서를 그에게 돌려줌으로써 다시금 사람이 되려 했다

하지만 그가 목을 매 자살한 후 홍보서는 진흙탕에 던져지고 말았다

이제, 나는 그의 가슴속에 분노와 억울함이 가득했을 것이라고 추측해본다

홍보서는 절반은 마르고 절반은 젖은 채로, 절반은 붉고 절반은 검은 채로, 늙은 교장의 시신과 함께 발견되었다

다음 날, 우리는 타오르는 분노로 늙은 교장의 음혼에 대한 비판 투쟁을 전개했다

▸ 2012년 11월 7일 06 : 47 / 미국 로스앤젤레스 세인트마리 웜블리로드 1416

충자무 忠字舞

충자무는 영혼 깊숙한 곳에서 혁명을 불태우는 춤이다

우리는 거리 행진을 할 때도 이 춤을 췄고, 변론할 때도 췄고, 집안에서도 췄다

주먹을 굳게 쥐고 고개를 약간 쳐들고서 크게 뜬 두 눈으로 먼 것을 바라보아야 했다

사실, 이런 자세는 묘당 안에서 보살을 지키는 금강들의 모습과 다르지 않았다

동작이 간단하고 강렬하다 보니, 아침저녁으로, 남녀노소를 가리지 않았다

말랐든 살쪘든, 키가 크든 작든 관계없이, 주자파이든 취로구(臭老九)*이든, 아니면 공농병(工農兵)**이든 반드시 손과 발을 움직여 이 춤을 춰야 했다

마오 주석 만세를 소리 높여 외칠 때면, 우리는 집단으로 응고되어 몸을 한 치도 움직이지 않았다

우리는 누런 군복을 입었고, 군용 허리띠를 맸으며, 가

---

* 취로구(臭老九) : 아홉 번째로 냄새나는 놈이라는 뜻으로 문화대혁명 기간에 지식인에 대한 악의적 호칭으로 쓰였다.
** 공농병(工農兵) : 가장 혁명적인 계층인 노동자, 농민, 병사를 말한다.

슴에는 마오 주석의 상장이 반짝반짝 빛났다

늙은 교장은 해가 뜨기 전에 일어났고, 별빛 아래서 움직이는 모습이 우리의 눈에 걸렸다

우리는 그가 허리를 구부려 등을 보인 채 눈을 아래로 내리까는 것이 마오 주석에 대한 불만을 표시하는 것이라며 고발했다

그에 대해 비판 투쟁을 진행할 때 우리는 집단으로 충자무를 추면서, 소리 높여 마오 주석 어록가를 불렀다

해가 높이 뜨자, 우리는 뜨거운 피가 끓어올랐고, 마오 주석 만세 만만세를 소리 높여 외쳐댔다

이때부터 충자무는 혁명의 의지를 나타내는 우리 영혼의 방식이 되었다

해가 뜨는 것을 볼 때마다 마음속에서는 장엄하게 <동방홍(東方紅)>이 메아리쳤다

먼 곳을 가리킬 때마다, 나는 항상 두 주먹을 꼭 쥐었고

마음속에서 전 세계를 짓밟아버리고 싶은 흉포한 욕망이 솟아올랐다

▸ 2012년 11월 7일 07 : 25 / 미국 로스앤젤레스 세인트마리 윔블리로드 1416

망고

경애하는 마오 주석께서 조반파에게 금빛 찬란한 망고
를 하나씩 하사하셨다

맙소사, 도시 변두리의 사람들은 밤에도 잠을 자지 못
하고 사흘을 꼬박 기다렸다

사람들은 북과 꽹과리를 치고 충자무를 추면서 빈 골목
으로 가득 밀려드는 사람들을 환영했다

사람들은 얼굴 가득 눈물을 흘렸고, 폐부가 찢어지도록,
소리 높여 마오 주석 만세를 외쳐댔다

조반파들은 손에 망고를 받쳐 들고 신의 사자들처럼 천
천히 걸음을 옮겼다

그날, 사람들은 망고가 내뿜는 빛이 만장에 달했고 향
기가 도시 전체에 가득했다고 전했다

아직 어렸던 나는, 운집한 사람들 등 뒤에서 아무리 해
도 망고를 볼 수 없었다

어쩌면, 내 신분이 좋지 않아서, 마오 주석의 전사에는
어울리지 않는 모양이었다

망고가 도착하자 도시 전체가 혁명의 열기로 달아올랐
다

도시 전체가 분골쇄신하여 위대한 프롤레타리아 문화대혁명을 끝까지 밀고 나갈 것을 다짐했다

결국 망고가 썩어 문드러졌는지 누군가 몰래 먹어 치웠는지 아무도 알지 못했다

나중에 사람들은 문공(文功)에서 무장투쟁으로 바뀌 눈이 살기로 붉어졌기 때문이다

망고가 지나간 거리는 전장이 되어 사방에서 총성이 울렸다

하루하루, 사상자들의 슬픔이 도시 변두리의 가장 익숙한 악곡이 되었다

나중에, 망고를 자주 먹게 되면서, 우리는 혁명의 격정을 잃어 갔다

나중에, 망고를 자주 먹게 되면서, 내 귓가에는 항상 슬픈 선율이 떠나지 않았다

▸ 2012년 11월 7일 17 : 51 / 미국 로스앤젤레스 세인트마리 웜블리로드 1416

최고지시

큰 확성기 소리가 도시 전체에 울려 퍼지던 순간을 기억한다

우리는 숙연한 자세로 베이징 중난하이(中南海)에서 전해지는 최고지시를 경청하면서 서 있었다

위대한 조타수가 한번 또 한 번 안개 속에서 배가 나아갈 방향을 분명하게 가리켰다

우리는 손에 홍보서를 받쳐 들고, 강철 채찍으로 모든 것을 때려 부술 준비를 갖췄다

주자파는 이미 무너졌고 우리는 목숨을 건 싸움을 결심했다

우리는 학교 친구들을 공격하고, 선생님들을 공격하면서, 누가 마오 주석께 더 충성스러운지를 겨뤘다

머리 위로 높게 걸린 확성기는 혁명 가곡을 쏟아내고 마오 주석의 어록을 살포했다

최고지시가 하달되는 확성기를 우리는 무엇보다도 더 높이 우러러보았다

기필코 정권을 빼앗아 프롤레타리아 독재를 실현해야 했기에

확성기는 쉬지 않고 위대한 영도자의 위대한 정신을 전
했다

칼날의 빛과 검의 그림자 속에서도 감히 노선을 파괴할
사람은 없었다

총이 숲을 이루고 탄알이 비가 되어도 누구 하나 감히
확성기를 향해 방아쇠를 당기지 못했다

여러 차례 나는 확성기에 기어 올라가 세심히 윤이 나
도록 닦아주고 싶은 충동을 느끼기도 했다

마오 주석께서 내가 가장 충성스런 홍소병이라는 사실
을 알아주셨으면 했다

그때 까마귀들이 확성기 위에 내려앉아 머리를 맞대고
귀를 비벼댔다

도시의 모든 사람들이 이를 바라보면서 아무도 감히 불
길한 징조라고 말하지 못했다

▸ 2012년 11월 7일 08 : 18 / 미국 로스앤젤레스 세인트마리 윔블리로드 1416

대자보

우리는 정말 운이 좋았다, 붓글씨로 대자보를 쓸 수 있었기에

우리는 정말 운이 좋았다 문혁 때문에, 우리는 마음껏 떠들고 거리낌 없이 변론했다

밀가루 한 포대로 풀을 쑬 때, 우리는 전장의 전사들이었다

한 장 한 장 거리에 대자보를 내다 붙일 때, 우리는 칼을 든 것이나 다름없었다

우리는 누구든지 욕할 수 있었고, 과거와 사생활을 폭로할 수 있었다

그리하여, 대자보 앞에는 항상 사람들이 가득했고 모두들 손전등까지 비춰 가며 큰 소리로 읽어댔다

반박하는 자들은 더 큰 글자로 더 긴 글을 써서 더 맹렬한 공격으로 맞받아쳤다

그리하여, 작은 도시의 나날은 항상 격정적이고 혁명적이었다, 그리고 언제나 두려움으로 가득 차 있었다

그러던 어느 날, 투사 하나가 마오 주석의 이름에서 획 하나를 빠뜨리고 말았다

게다가, 투지가 고양되다 보니, 대자보의 순서를 뒤집어 거꾸로 붙인 것이다

사람들은 그를 잡아다 파벌도 잊은 채 한목소리로 분노의 비판을 가했다

그의 머리에 풀을 바르고 얼굴 가득 먹물로 글씨를 쓰는 사람도 있었고

채찍으로 사정없이 내리치는 사람도 있었다

그는 온몸이 피투성이가 되어 자신의 대자보 앞에 나뒹굴었다

사람들이 얼굴에 침을 뱉자, 그는 고통에 찬 얼굴로 마오 주석 만세를 외쳤다

그날 밤, 도시 전체가 손전등을 치켜들고 모든 대자보를 한 장 한 장 자세히 읽었다

타인의 재앙에 음침하게 웃는 사람도 있고 공포와 불안에 떠는 사람도 있었다

울고 싶지만 눈물이 나지 않았다

▸ 2012년 11월 8일 16 : 22 / 미국 로스앤젤레스 세인트마리 윔블리로드 1416

대관련 大串聯

모두가 홍위병이던 시절에, 우리는 대관련*에 참가했다

홍위병들은 배낭을 메고 허리에 군용 물병을 찬 채 기차에 가득 올라탔다

모두들 옌안(延安)이나 베이징으로 가서 혁명의 씨앗을 뿌리고 조반(造反)의 경문을 가져올 작정이었다

남녀 불문하고 하나같이 홍기를 손에 들고 소매를 걷어 조국의 산하를 붉게 물들였다

당연히, 주자파(走資派)들은 많은 귀신들과 싸워야 했다

대관련은, 청춘을 불꽃처럼 타오르게 했고, 중국은 수소처럼 몸이 흔들렸다

사실 나는 돈 한 푼 없고 먹을 것과 입을 것이 없는 대신 걱정도 없었던 아름다운 시절이 그리워지곤 했다

홍위병들은 전국을 돌아다니면서, 중국을 두루 먹고, 중국을 두루 때려 부쉈지만, 도처에 그들을 맞아주는 접대소가 있었다

---

* 대관련(大串聯) : 중국 각지의 홍위병들이 마오쩌둥의 사열을 받기 위해 베이징을 찾아가는 정치 운동으로 모든 경비를 정부가 제공했다.

하지만, 나의 대관련은 한차례의 대재앙으로 변하고 말 았다

나는 북상하는 열차에 끼어 올라탔지만, 하룻밤 만에 쫓겨나 조그만 정거장에 내동댕이쳐졌다

홍소병이라 욕도 못 하고, 때리지도 못했다, 당연히 지위도 가장 낮았다

하는 수 없이 기차역을 떠돌면서, 한 대 또 한 대 북쪽으로 가는 열차들을 바라보기만 했다

베이징의 톈안문(天安門)에서 위대한 영도자가 손을 흔들며 홍위병들을 맞아주는 모습을 상상하면서

감정이 북받친 나는 플랫폼에서 울면서 소리를 질렀다, 홍보서를 휘두르며 마구 소리를 질러댔다

여자 역장이 진지하고 엄숙하게 나를 걱정해 주면서, 혁명의 원리를 설명해 주었다

그녀가 말했다, 꼬마 동지, 혁명의 길은 아직 멀어요, 마오 주석께서는 계속 우리를 기다리고 계실 거예요

▸ 2012년 11월 7일 17 : 06 / 미국 로스앤젤레스 세인트마리 윔블리로드 1416

지주에 대한 투쟁

문혁이 왔다, 우리 용맹한 홍소병들은 농촌으로 달려가 늙은 지주들을 향해 비판 투쟁을 벌여야 했다

황하(黃河) 강가의 오래된 농촌 마을이었고, 인구도 무척 적었다

겨울이라, 마을 주민들은 낡은 솜저고리에 수척한 얼굴들이었다

그날은 햇빛도 없었고, 마을 주민들은 마른 담배를 피우며, 밭에 쪼그려 앉아 눈썹을 찌푸리고 있었다

늙은 지주는 무수한 비판 투쟁을 당해서인지 등을 움츠린 채 얼굴에는 표정이 없었다

그의 자식들은 버드나무 뒤에 숨어 얼굴만 내밀고 있었다

우리는 홍소병이라, 지주들을 비판하고 주자파를 공격하는 것이 역사가 내린 영광스런 사명이었다

우리는 차례로 앞으로 나아가 류원차이(劉文彩)와 황스런(黃世仁)의 빚을 늙은 지주에게 확인했다

늙은 지주는 모든 것을 인정하고 양 두 마리와 닭 여섯 마리를 사람들에게 나눠 주겠다고 약속했다

그러면서 과거 토지개혁 때 잘못 계산한 것이 있다고, 지분을 잘못 분배했다고 말했다

우리는 격앙했고 적의 교활한 계급투쟁의 복잡한 진상을 알게 되었다

누군가 늙은 지주를 쓰러뜨리고 그의 머리를 발로 차 땅바닥을 이리저리 구르게 했다

마샤오훙(馬小紅)은 열한 살 어린 여자애였지만, 비할 데 없이 사납고 거칠었다

그애가 늙은 지주의 얼굴을 손으로 후려갈겼다

열 살이었던 나도 두 손으로 있는 힘껏 그의 배를 쳤다

늙은 지주가 아무 소리도 내지 못하는 것을 보고 우리는 대열을 갖춰 마오 주석 어록가를 부르며 도시로 돌아왔다

다음 날, 늙은 지주의 자식들이 지전을 뿌리며 관을 떠메고 가는 모습이 내 눈에 들어왔다

▸ 2012년 11월 9일 03 : 50 / 미국 로스앤젤레스 세인트마리 윔블리로드 1416

사구四舊타파

물론 사구타파*는 여자들이 길게 땋은 머리를 남길 수
없는 것과 같은 일이었다

'중화의 아녀자들은 기이한 의지가 강해 무장(武裝)을
좋아하지 홍장(紅裝)을 좋아하지 않기' 때문이다

작은 소시 안에서는 선전대가 크고 작은 거리와 골목에
혁명의 결정을 퍼뜨리는 일을 맡고 있었다

여인들은 일제히 이에 호응하여 긴 머리를 자르고 옛
전통을 끊었다

도시로 들어온 농촌 부녀자들은 집으로 돌아가도 사람
들 얼굴을 볼 수 없다며 울면서 소리쳤다

홍위병의 정의는 준엄했기에, 손을 들었다 하면 머리칼
이 잘려, 머리는 남기되 변발(辮髮)은 남기지 않았다

너무나 혁명적이었던 우리 누나는 스스로 단발을 하고
서 어머니에게도 각오를 단단히 하라고 을러댔다

---

* 사구타파 : 파사구, 입사신(破四舊, 立四新)이라고도 함. 1966년 6월 1일,
《인민일보》는 「모든 우귀사신을 일소하라」라는 제목의 사설에서 수 천 년
동안 착취계급이 조성해 온 인민을 해치는 구사상과 구문화, 구풍속, 구습관
을 타파할 것을 제시했다. 아울러 신사상과 신문화, 신풍속, 신습관을 세울
것을 요구했다.

어머니는 변발 없이 어떻게 문밖에 나가고 어떻게 돌아다녀야 할지 모르겠다고 하셨다

누나는 한발 양보하여 어머니의 머리만 세 치 정도 남겨 주기로 했다

다음 날, 우리 집 앞에서는 홍위병들이 사람들의 머리를 박박 밀어대고 있었다

이웃집 우 씨 아주머니는 집 안에 누워 사흘 동안 식음을 전폐했다

또 다른 이웃집 소녀는 홍위병에게 끌려가 거리에서 조리돌림을 당했다

머리가 짧아진 여인들은 고개를 당당하게 들고 가슴을 앞으로 내민 채 거리를 활보했다

여인들은 무장용 허리띠를 단단히 조여 매고서 변발을 하고 있다가 잡혀 온 여인들의 머리칼을 잘라댔다

나는 그녀들을 따라다니며 땅바닥에서 검고 윤이 나는 머리칼을 주워다가

폐품 수집소로 가져가 한 근에 2마오(毛)씩 받고 팔았다

▸ 2012년 11월 8일 04 : 40 / 미국 로스앤젤레스 세인트마리 웜블리로드 1416

흑오류黑五類를 몰아내다

1967년이었을 것이다, 어느 날 이른 아침 소도시의 남문 (南門) 광장에 사람들이 가득 모여들었다

아마도 이는 중앙에서 프롤레타리아 독재를 위해 결정한 흑오류*를 몰아내기 위한 행동이었을 것이다

아이들이 대부분이라 시끄러운 소란이 계속되었지만 부모들의 표정은 막막하기만 했다

그들은 시대의 흐름을 알아차리고 순한 양처럼 조용히 짐을 꾸려 트럭에 올랐다

그들은 프롤레타리아의 적이라 농촌으로 가서 고통과 처벌을 감내해야 했다

그들은 신중국의 천민이라 도시에서 아이들을 낳고 키우는 것이 어울리지 않았다

내 짝궁인 허리리(何麗麗)도 시하이(西海) 구산(固山)구로 가야 했다

나는 그애를 좋아했고 그애를 『산쟈샹(三家巷)』**에 나

---

* 흑오류(黑五類) : 문혁이 막 시작되었을 때 전국 각 대도시에서 이른바 흑오류에 속한 사람과 그 가족들이 전부 강제로 도시 밖으로 추방되어 편벽한 농촌으로 가야했다.
** 어우양산(歐陽山)이 쓴 소설.

오는 취타오(區桃)로 여겼다

　그애의 아버지는 마홍다(馬鴻達)*의 부관이었으니 틀림없이 해방군에 대적한 적이 있었을 것이다

　혁명자들은 계급의 피맺힌 원한을 절대로 잊지 않았다

　이칭(伊慶)은 열한 살의 나이에 산구의 요동(窯洞)으로 이주해야 했다

　산등성이라 바람이 불고 햇빛이 쏟아져도 문을 닫을 수 없는 곳이었다

　여러 해가 지나, 그애는 말이 없어졌고, 우리는 모두 그애를 산약단(山藥蛋)이라 불렀다

　산에서 양을 치다 보면 사람 구경을 할 수 없기 때문이었다

　허리리는 지금 아침부터 저녁까지 이런저런 얘기로 입이 쉬지 않는다

　아마도 어렸을 때 말도 행동도 마음대로 할 수 없었기 때문이리라

▸ 2012년 11월 8일 05 : 10 / 미국 로스앤젤레스 세인트마리 윔블리로드 1416

---

* 서북지구의 대표적 군벌인 이른바 '사마(四馬)'의 하나다. 처음에는 펑위샹(馮玉祥)에게 의지했다가 나중에는 장제스에게 귀의했다. 17년 동안 닝샤성 주석을 역임했고 군정(軍政)의 대권을 장악하여 닝샤의 '토황제'로 불렸다.

반혁명 표어를 쓴 리쥔李軍

어느 날, 공원의 화장실에서는 "마오 주석을 타도하자" 라는 문구가 발견되었다

도시 전체를 뒤져 필적을 대조한 결과 내 친구인 리쥔 이 잡혀갔다

사실 문구를 발견한 사람이 바로 그였고, 그는 이 일로 공을 세우고 싶었을 뿐이다

교내에서는 그의 자백을 유도하기 위해 긴급회의가 열 렸다

겨우 중1인 데다 출신도 좋은 터라 나는 그가 감옥에 가지는 않을 것이라 생각했다

그에 대한 비판 투쟁에서 그는 죽어도 자신의 홍위병 완장을 떼어 가는 것을 허락하지 않았다

그는 바닥에 무릎을 꿇고 앉아 울었고, 땅에 머리를 조 아리며 빌었다, 자신의 입술을 물어뜯기도 했다

그때부터 그는 매일 아침 일찍 학교에 와서 흰 완장을 차고 청소를 했다

학교에서는 '리쥔이 무엇 때문에 그런 범죄를 저질렀는 가?' 하는 제목으로 작문 수업을 조직하기도 했다

선생님 학생 할 것 없이 모두 리쿼 자신이 쓴 글이 가장 훌륭하고 깊은 깨달음이 담겨 있음을 인정했다

그러나 어느 날 그는 청소를 하다가 또 마오 주석의 자기 조각상을 깨뜨리고 말았다

같은 반 학우들 전부가 놀라움을 감추지 못했고, 그의 얼굴에서는 좌절감에 핏기가 싹 가셨다

이 일로 그는 공개재판을 통해 징역 4년의 판결을 받았다

너무나 왜소했던 그는 손을 뒤로 한 채 결박을 하여 머리에 죄명이 적힌 팻말을 걸자 팻말이 바닥에 질질 끌렸다

친구들은 모두 그가 형기를 마치고 석방되더라도 다시는 아무도 만나지 않을 것이라는 점을 모르지 않았다

들리는 소문에 의하면 감옥에서 식물을 가꾸고 있다고 했다

▸ 2012년 11월 8일 05 : 37 / 미국 로스앤젤레스 세인트마리 윔블리로드 1416

공산주의 자수自修대학

우수장(吳樹章)과 우수성(吳樹聲)은 공산주의 자수대학을
설립했다

그들은 "문화대혁명은 붉은 테러다", "지식청년의 상산
하향(上山下鄕)은 형태를 달리한 노동 개조다"라고 말했다

그들은 낮에는 공장에서 일하고 밤에는 함께 마르크스
레닌주의를 깊이 연구했다

그들은 편지를 써서 프롤레타리아 문화대혁명이 왜 그
렇게 피비린내 나도록 폭력적이어야 하는지 깊이 있게 탐
구했다

위대한 경찰들은 편지를 받았고, 그 가운데 어떤 이는
이를 밀고라고 말했다

그 시대로서는 도시 전체를 뒤흔들 수 있는 중대한 반
혁명 사건이었다

전기공인 슝만리(熊曼利)는 사전에 스스로 감전되어 자
살할 수 있었다

모두들 그녀가 예쁘고 똑똑한 데다 공부를 너무 좋아했
다고 말했다

자동차 선반공인 루즈리(魯智利)는 사형을 선고받아 총

살되었다

그는 구호를 너무 외쳐 목구멍이 파열되었다

우씨 형제들은 강제로 트럭에 태워져 여기저기 군중 앞
으로 끌려 다녔다

우리는 그들을 따라 함께 달렸다, 사형이 집행되는 장
면을 보기 위해서였다

그들의 머리는 눌린 채 목에는 팻말이 걸려 있었다 죄
명 위에는 붉은색으로 큰 엑스 자가 그어져 있었다

그들은 그렇게 죽어 갔고 도시 전체가 명절을 맞기라도
한 것처럼 들끓었다

너무 작았던 나는 빽빽하게 몰려 있는 사람들 등 뒤에
서 겨우 총소리만 들었을 뿐이다

붐비는 사람들 틈새로 나는 핏물이 진흙탕 속으로 흘러
드는 것을 보았다

▸ 2012년 11월 8일 06 : 01 / 미국 로스앤젤레스 세인트마리 윔블리로드 1416

철공장인 류劉 씨

철공장인 류 씨의 철공소는 매일 불가마가 거세게 타올랐다

그는 거리에서 철을 두드리면서 입으로 연신 뭔가를 중얼거렸다

그는 귀에 들리는 모든 일에 대해 불만을 품고 있는 것 같았다

사실 지금 생각하면 그는 정신 질환을 앓고 있었던 것 뿐이다

세심한 이웃들은 매일 그의 입에서 터져 나오는 반동의 언어를 잘 기억해 주었다

홍위병들은 가장을 하고 은밀히 그의 일거일동을 관찰했다

공안에서는 그가 소련수정주의의 특무로 정권을 전복시키려 획책하고 있다고 믿었다

때로는 철공장인 류 씨가 러시아어로 말하기 때문에 아무도 알아듣지 못하는 거라고 생각하기도 했다

류 씨의 아들이 몹시 두려워하며 더 이상 망치질을 하지 못하게 하자

73

그는 불같이 화를 내며 이 개자식을 죽여버리겠다고 고
함을 쳤다

이리하여 철공장인 류 씨는 공개재판을 받고 체포되어
형장으로 끌려가 총살당했다

거리에서 군중들 앞으로 끌려다니면서 그는 쉬지 않고
개새끼, 개새끼를 외쳐댔다

정치범이 아니었기 때문에 그의 목을 가르지는 않았기
때문이다

모두들 그가 러시아어로 푸시킨의 시를 암송했었다고
했다

총소리가 나고도 쓰러지지 않자 공안은 그를 향해 총을
마구 난사했다

숨이 끊어지면서 반쯤 뜬 그의 눈이 그 뒤로 여러 해 동
안 내게 악몽을 가져다주었다

▸ 2012년 11월 9일 04 : 22 / 미국 로스앤젤레스 Linda Isle, Newport, Beach 96호.

큰 망국자 작은 망국자

누구도 그녀의 이름을 알지 못해 다들 '큰 망국자 작은 망국자'라고 불렀다

그녀는 메마르고 수척한 입에 영원히 담배를 물고 있었다

자식이 하나도 없는지 항상 혼자서 거리와 골목을 누비며 망국자를 팔았다

큰 망국자와 작은 망국자를 가는 철사로 꿰어 메고 다니며 '큰 망국자, 작은 망국자'를 외쳐댔다

그러면서 노상 '붉은 태양이 떠올라 조금씩 붉어지네' 하는 가사를 입에 달고 다녔다

이 노래를 도시 전체의 사람들이 여러 해 동안 여러 번 들었다

그녀는 유령 같아서, 지금도 그녀의 내력과 신세를 아는 사람이 없다

그녀는 영원히 모습이 변하지 않을 것처럼, 나의 유년과 소년 사이를 걸어가고 있었다

안타깝게도 정부는 그녀에게 반혁명이라는 죄명으로 사형을 선고했다

대담하게도 태양이 전 세계를 비추지는 못했다고 비아
냥거렸기 때문이다

그녀는 글도 모르고 혁명도 몰라 프롤레타리아 독재를
이해하지 못했던 것 같다

하지만 너무 가난했던 그녀는 자신을 총살할 탄환 하나
값도 내지 못했을 것이다

공안은 총을 쏠 수는 있지만 돈을 받을 수는 없었다, 그
래서인지 총탄을 여러 번 난사했다

사실은 첫 번째 탄환이 그녀의 후뇌에 명중하여 그녀의
생명을 퍼 갔다

얇은 옷을 입고 있어 주변에서 구경하던 사람들은 옷
가장자리로 그녀의 젖가슴을 볼 수 있었다

검고, 일그러지고, 작고, 수척한 것이, 햇볕에 마른 소똥
같았다

▶ 2012년 11월 9일 04 : 43 / 미국 로스앤젤레스 Linda Isle, Newport, Beach 96호

장님 부부

장님 부부는 우리 집 대각선 건너편에 살았다

작은 마을이라, 아침에 일어났다 하면 두 사람이 싸우는 소리가 들렸다

낮에 장님 남편은 수레를 끌었고 아내는 길을 안내했다

두 사람은 항상 재잘재잘 영원히 외아들을 위한 논쟁을 벌였다

그들의 아들은 망나니라 걸핏하면 나를 때렸다

이웃집 물건을 훔치고, 자기 부모의 물건을 훔쳤다, 도둑질을 위해 태어난 것 같았다

홍위병들도 그를 어찌하지 못했다, 제멋대로인 데다 거칠어, 어떤 일에도 목숨을 아끼지 않았기 때문이다

부모들이 정성껏 타이르면 길바닥에 누워 데굴데굴 구르며 행패를 부렸다

그는 조반도 하지 않고 혁명도 하지 않았다 공안들은 그를 피했고 그에 대한 얘기만 들어도 머리가 아팠다

결국 군중의 이름으로 그를 잡아 가두기로 결정하자 그는 밤새 종적을 감췄다

누군가 장님 아버지가 소련으로 가면 빵과 우유가 있다

고 말하는 걸 들었다고 했다

장님 아버지는 노천에서 영화를 상영할 때 <1918년의 레닌>을 처음부터 끝까지 다 들었던 것이다

그의 아들이 닝샤를 떠나 네이멍구를 거쳐 몽골 국경으로 갔다고 한다

쫓겨서 되돌아오기 전에 몽골 경비군에게 뼈가 부러지도록 얻어맞았다고 한다

나중에 감옥에서 탈출하여 고비사막의 풍설 속에 묻혔다고 한다

장님 부부는 여전히 수레를 끌었지만 두 사람이 말하는 것은 들을 수 없었다고 한다

▸ 2012년 11월 9일 05 : 04 / 미국 로스앤젤레스 Linda Isle, Newport, Beach 96호

하원구이哈文貴

우리 이웃집 큰아들인 하원구이는 남 얘기를 무척 좋아한다

그는 홍위병들이 취로구(臭老九)를 공격하고 주자파를 욕하는 모습을 그냥 넘어가지 못했다

그는 힘이 셌고 걸음이 빨랐지만 지금까지 그가 무슨 일로 먹고사는지 알지 못한다

그는 하얀 하이알라이(回力救) 신발을 신고 다녔다, 이는 당시 건달들의 표준 장비였다

두 파로 갈린 홍위병들은 마오 주석을 접견한 뒤라 더 없이 강경했다

그들은 모든 사람들에게 어느 편에 설 것인지 입장을 분명하게 할 것을 강요했다

그들은 항상 패거리로 몰려다녔고, 동요하는 사람들을 강철 채찍으로 공격했다

강철 채찍은 철사를 엮어 만든 것으로, 끝에 쇠구슬이 달려 있었다, 나도 하나 갖고 있었다

하원구이의 채찍은 굵고 길었다, 그는 이를 허리띠처럼 바지에 매고 다녔다

그는 이걸로 두께가 주먹만 한 대추나무를 넘어뜨린 적
도 있었다

　　홍위병의 철천지원수였기 때문에 그가 죽게 된다는 것
은 의심의 여지가 없는 일이었다

　　서로 투쟁하던 두 파는 밀모하여 그를 잡기 위한 함정
을 만들고는

　　함께 어느 집에서 주자파를 붙잡아 무참히 구타했다

　　하원구이는 재빨리 달려가 정의와 용기의 이름으로 그
들을 쫓아내려 했지만

　　그들은 재빨리 그를 때려죽여 똥통에 처넣었다

　　몹시 추운 날씨라 그는 금세 딱딱하게 얼어버렸다

▸ 2012년 11월 9일 05 : 21 / 미국 로스앤젤레스 Linda Isle, Newport, Beach 96호

조리돌림 당하는 '해진 신발*'

다른 반의 친구 하나가 줄곧 나와 철천지원수였다

내가 탄궁으로 그의 얼굴을 쏘면, 그는 쇠막대기로 내 머리를 때렸다

하지만 그의 누나는 매우 예뻤고 항상 내게 웃는 얼굴을 보여주었다

그녀의 주변에는 항상 다른 파벌의 홍위병들이 얼씬거렸다

그녀는 천하의 모든 남자와 몸을 나누겠다고 맹세했다, 부녀자들도 해방되어야 했으니까

그녀는 군장에 군모를 쓰고 단발머리를 하고서 여기저기서 밤을 보냈다

문혁의 장점은 모두가 조반을 한다는 것이었다, 염려할 것이 전혀 없었다

강철 채찍은 손에 든 도끼나 다름없었다, 천하를 상대로 휘두르며 영원히 마오 주석을 따를 수 있었다

예쁜 누나는 매번 사랑을 나누고 나서 남자의 허벅지에

---

* 해진 신발(破鞋) : 정조 관념이 없이 아무 남자랑 성애를 즐기는 여자를 지칭하는 은어다.

비수를 꽂았다

그러고는 능력이 있으면 자신의 젖가슴을 찔러 보라고
비아냥거렸다

칼에 찔린 홍위병 하나가 조반파의 두목인 아버지에게
이를 일러바쳤다

조반파들은 예쁜 누나를 잡아다가 거리로 끌고 다니며
조리돌림을 시켰다

그녀의 목에는 해진 신발 한 켤레가 걸리고 얼굴에는
마구 낙서가 되어 있었다

작은 마을이 시끌벅적해지는 날이었다, 집집마다 사람
들이 문밖에 나와 흥겨워했다

머리를 숙이긴 했지만, 그녀의 얼굴에서 아무렇지도 않
다는 것을 읽을 수 있었다

감히 내가 들은 그녀의 말을 옮긴다, "빌어먹을, 능력
있으면 내 '거기'를 찢어보지 그래"

▶ 2012년 11월 9일 05 : 38 / 미국 로스앤젤레스 Linda Isle, Newport, Beach 96호

오늘 반혁명 분자들을 총살한다

그 시절에는 반혁명 분자의 총살을 구경하는 것이 작은 도시의 큰 소일거리였다

우리는 조리돌림을 하는 처형 차량을 뒤따르면서 서로 좋은 자리를 차지하려 다퉜다

사실 처형 장소는 호숫가에 있는 황량한 모래사장에 지나지 않았다

대추나무는 항상 향긋했고, 잘 익으면 황금빛이 탐스러웠다

해방군 전사들은 이곳에 작은 홍기(紅旗)를 꽂아 처형 장소임을 표시했다

범인들은 두 팔이 뒤로 묶이고 머리를 숙인 채 무릎을 꿇었다, 목에는 죄명이 적힌 기다란 나무판을 매달고 있었다

총구가 범인의 뒷머리를 겨누면, 우리는 그를 점점 더 가까이 에워쌌다

가장 짜릿한 것은 많은 사람들을 동시에 총살하는 장면이었다

한번은 열일곱 명의 남녀 범인들을 길게 한 줄로 무릎

을 꿇리고

지휘관의 깃발 신호 한 번에 단 1초의 총성과 단 1초의 고요가 동시에 발생한 적도 있었다

공안들은 손에 권총을 쥐고서 한 명씩 차례로 죽은 사람들의 몸을 뒤집어서 검사했다

그들은 집게로 솜을 집어 죽은 사람의 코에 가져다 대는 방법으로 호흡이 남아 있는지 확인했다

때로는 힘껏 죽은 사람의 가슴을 짓밟기도 했다

한 명, 한 명 총을 다시 쏘기도 했다

그들은 피범벅 사이를 걸으며 우리가 "몇 발 더 쏴요"라고 외치는 것을 허용했다

죽은 여자의 젖가슴이 조금씩 움직이고 있는 것을 보았기 때문이다

▸ 2012년 11월 9일 06 : 02 / 미국 로스앤젤레스 Linda Isle, Newport, Beach 96호

담벼락 밑의 처형장

한 번은 우리 제4중학의 담벼락 밑이 처형장이 된 적도 있었다

애석하게도 죄수는 죄명과 신분을 알 수 없는 한 사람뿐이었다

지금 생각해 보면 담벼락은 그리 높지 않았다, 때문에 가리는 것 없이 시원하게 다 보였다

범인은 얼굴을 담벼락 쪽을 향해 우리 발밑에 무릎을 꿇었다

총을 쏘는 순간을 놓칠세라 멀리서 서둘러 달려온 사람들도 있었다

그날은 여름이라 무척 더웠고, 짜증이 났다, 숨쉬기도 어려웠다

단 한 사람을 총살하는 것이라 공안들은 의욕을 잃었다

공적인 일은 공정하게 처리해야 하는 법이라 땅바닥에 크지도 작지도 않은 원이 하나 그려졌다

집행자는 반자동 소총에 장착된 대검을 제거한 후 총을 범인의 뒤통수에 겨눴다

범인을 부축한 두 사람이 재빨리 붉은 칠로 엑스 자를

그은 나무판을 벗겨 내고 뒤로 물러섰다

탕 하는 소리에도 범인은 아무런 반응도 없는 것 같았다, 공안이 다가가 그를 넘어뜨렸다

범인은 얼굴을 옆으로 한 채 진흙탕 위로 쓰러졌다, 입은 굳게 다물어져 있었다

무언가를 말하려 한 것 같았다, 누군가의 이름을 부르려 했던 것인지도 몰랐다

하지만 귀를 기울일 틈도 없이 공안이 총을 한 발 더 발사했다

머리가 깨져 붉은 피와 하얀 뇌수가 작은 홍기 위로 튀었다

한 시간 뒤 누가 그의 옷을 벗겼는지 그는 햇볕 아래 알몸으로 누워 있었다

▸ 2012년 11월 9일 06 : 47 / 미국 로스앤젤레스 Linda Isle, Newport, Beach 96호.

칼에 찔려 죽은 홍위병

나는 귀신을 무서워하지 않는다, 죽은 사람들을 보면서 성장한 세대이기 때문이다

반혁명 분자들의 총살과 지주들에 대한 비판 투쟁, 그리고 칼에 찔려 죽는 홍위병들을 수없이 보았다

그해에, 석탄 광부 조반파가 서탑(西塔)을 지키던 학생들을 공격했다

사흘 밤낮으로 격렬한 전투가 벌어졌지만 아무도 죽지 않았다

학생들은 지붕에 올라가 비처럼 돌을 던지면서 목숨 바쳐 위대한 영도자를 보위할 것을 맹세했다

광산 노동자들은 큰 소리로 조반은 정당하다는 구호를 외치며 강철 칼과 표창을 문질러 닦았다

도시 전체 사람들이 싸움을 구경하느라 먹지도 않고 마시지도 않으면서 분위기를 띄우느라 고함을 질러댔다

돌이 마구 날아다니고 도처에 칼날의 빛이 번득이는 가운데 혁명의 투지는 더없이 굳세고 강했다

높은 담장을 허문 뒤 광산 노동자들은 사방에서 건달들과 어린 학생들을 마구 공격했다

손을 들고 투항한 사람들은 쇠 채찍으로 엉덩이를 세 번씩 후려쳐 돌려보냈다

멍청한 홍위병 하나가 이에 굴하지 않고 여전히 탄궁을 들어 사방으로 쏘아댔다

사방에서 여학생들이 그를 바라보면서 영웅이라고, 대장부라고 추켜세웠기 때문이다

광산 노동자 하나가 칼을 들고 그의 뒤로 슬그머니 다가가 뒤통수를 내리쳤다

그는 그 자리에서 즉사했고, 가족들이 시신을 경비구 마당으로 옮겨갔다

해방군은 공도를 주재할 수 없는 상황에 난감함을 표했다

도시 전체 사람들이 달려와 줄을 서서 두 동강 난 그의 두개골을 구경했다

▸ 2012년 11월 9일 06 : 37 / 미국 로스앤젤레스 Linda Isle, Newport, Beach 96호.

욕조 안의 사체

욕조 안의 사체는 조반파의 것이었다

그는 건초용 가래에 찔려 죽은 다음 군구 대원(大院)*의 숙소에 던져졌다

조반파들은 이를 통해 상대방의 반동과 잔인함을 증명하려 했다

그들은 피의 빚은 피로 갚아야 한다면서 해방군이 대신 원수를 갚아줘야 한다고 말했다

사체는 포르말린에 담겨 변형되지도 않았고 부패하지도 않았다

엉덩이를 다 드러낸 채 옆으로 돌린 시신은 근육 사이의 틈까지 훤히 들여다보였다

사람들은 떼를 지어 찾아와 줄을 서서 시신을 구경하면서 구멍을 세고 있었다

시신이 입을 벌려 뭔가 외치는 것을 보았다고 호언장담하는 사람도 있었다

시신이 밤이 되면 다시 침대에 올라가 잠을 잔다고 말

---

* 대원(大院) : 정원을 갖춘 대형 공동주거시설.

하는 사람도 있었다

　죽은 척하는 시신은 조반파로서 해방군이 자기들 편에 서게 하려 그러는 것이라고 말하는 사람도 있었다

　나는 이 시신을 세 번 구경했다, 매번 손가락을 구멍 안에 넣어보고 싶은 충동을 억지로 참았다

　상처가 얼마나 깊어야 인간 세상을 떠나게 되는지 알고 싶었다

　그의 몸을 뒤집어 눈을 감고 있는지도 보고 싶었다

　그러면 친구들 앞에서 허풍을 떨 때 가장 많은 발언권이 주어질 것이기 때문이었다

　나중에 그 시신은 땅에 묻혀 도시 사람들 전체에게 큰 아쉬움을 남겼다

　죽은 사람을 볼 수 없게 되자 사람들은 어찌할 바를 몰랐다

　▶ 2012년 11월 9일 06 : 52 / 미국 로스앤젤레스 Linda Isle, Newport, Beach 96호

마스이馬思義

마스이는 서북의 지하당이었다가 나중에 조반파의 우두머리가 되었다

그는 홀로 우충이(吳忠儀)의 창고에 갇혔다

적들이 그를 며칠 동안 포위하고 있었지만 그는 투항하지 않았다

그의 동지들은 그를 구하기 위해 인촨(銀川)에서 밤낮을 쉬지 않고 달려왔다

적들의 총 쏘는 솜씨가 마스이보다 좋지는 않았지만 그는 차마 총을 쏘아 사람들을 죽이지는 못했다

결국 그는 머리에 총을 맞고 죽은 채로 거리 위를 끌려다녔다

사람들은 기뻐하며 총을 쏘아대면서 그를 에워싸고 경축했다

누군가 그의 배를 갈라 그 안에 벽돌을 쑤셔 넣었다

사람들은 마치 한 마리 개처럼 그를 끌고 거리를 쏘다녔다

사람들은 자신들을 따르는 자는 번성할 것이고 거역하는 자들은 죽을 것이라고 외쳤다

그의 머리칼은 이미 하얗게 변한 채 피에 젖어 있었다

그의 뱃가죽은 하늘을 향했다 누군가 그의 그것이 너무 작다고 외쳤다

대로 위에서 누군가는 그에게 침을 뱉었고 어떤 이는 아이들에게 오줌을 갈기게 했다

나는 그의 시신이 프롤레타리아 문화대혁명의 전리품이어야 한다고 생각했지만

마스이의 시신은 나중에 어디로 갔는지 알 수가 없었다, 많은 사람이 궁금해했다

개가 먹어 치웠다고 말하는 사람도 있고 누군가에 의해 해체되었다고 말하는 사람도 있었다

> 2012년 11월 9일 07 : 13 / 미국 로스앤젤레스 Linda Isle, Newport, Beach 96호

시체 한 구에 2위안

1967년 8월 30일, 장정교(掌政橋) 조반파가 조반파를 공격했다

무장투쟁이었기 때문에 모두들 진짜 칼과 총을 들었다

시신들은 서쪽 다리 밑에 버려져 유유히 떠내려가고 어린 소녀들의 음부에는 긴 꼬챙이가 꽂혔다

나귀를 모는 라오한(老漢)은 뜻밖의 행운에 기뻐 어쩔 줄 몰라 하며 시신들을 인촨으로 보냈다

시체 한 구에 2위안, 한 손으로는 시신을 건네고 또 다른 손으로는 돈을 받았다

발가벗겨진 상태의 어떤 여자 시신을 라오한은 생사조차 확인하지 않고 잽싸게 채 갔다

라오한은 이 시신이 이틀 동안 물속에 담겨져 있었기 때문에 진즉에 옷이 다 해졌노라고 말했다

도시 사람들은 길에 서서 시신 한 구 한 구를 구경하고 있었다

웃기도 하고 울기도 하면서 시신의 수를 헤아렸다

그들은 나귀가 모는 라오한의 수레가 빨리 모든 시신들을 다 실어 가 버리기를 바랐다

돈을 꺼내는 사람도 있고 그 돈을 걷는 사람도 있었다,
복수를 위한 전투를 준비하는 사람도 있었다

나는 시신들을 하나하나 자세히 확인하고 구별했다

주로 가슴팍에 총알이 들어간 상처가 있거나 가슴을 관
통한 남녀들이었다

나는 라오한이 나귀가 모는 수레 위에서 남몰래 웃는
것을 보았다

거짓말은 아닐 거라고 추측했다, 시신 한 구에 2위안이
라는 그의 말이

▸ 2012년 11월 9일 07 : 30 / 미국 로스앤젤레스 Linda Isle, Newport, Beach 96호

장정교掌政橋 전투

총을 겨눌 때 공격자들은 작은 소리조차 내지 않았다

들리는 바에 의하면 그들 부대에는 엄격한 규율이 있다
고 했다

그들은 한 발 한 발 총을 쏘면서 또 다른 조반파를 전부
쏘아 죽여야 한다고 했다

총살을 보장하는 것이 위대한 지도자의 혁명 행동을 수
호하는 것이라고 했다

조반파는 행진하면서 몸으로 총구를 박았던 황지광(黃繼
光)을 본받으려 했다

모두들 마오 주석 만세를 소리 높여 외치며 물러서지
않을 것을 맹세했다

여자아이들도 큰 칼을 휘두르다가 결국 하나하나 스러
져 갔다

소녀들은 울부짖으며 절대로 적을 놓아주지 않겠다고
했다

때는 1967년 8월 30일이라, 가을 하늘 아래 수수에 물이

---

* 장정교 전투 : 1967년 8월 30일, 닝샤 인촨의 '총지휘부'파와 '문련합주비처'파
가 인촨시 장정교 공사에서 벌인 무장유혈투쟁 사건이다.

들고 있었다

때는 1967년 8월 30일이라, 총소리가 가을 하늘에 더욱 선명했다

문화대혁명 전장에서는 누구도 투항하지 않았다, 때문에 위대한 혁명이었다

마오 주석의 전사들은 배반을 몰랐다, 때문에 혁명을 끝까지 밀고 나갈 수 있었다

어떤 소녀는 자신의 음부에 적의 음경이 삽입되는 순간 한 번도 남자를 받아본 적이 없다고 울부짖으며

차라리 한 번에 깨끗하게 죽여 달라고 애원했다

들판에 있던 수많은 사람들이 소녀의 절규를 들었다 어쩌면 많은 사람들이 듣지 못했다고 말했을 것이다

그 뒤에 소녀는 다리 아래 물속에 던져졌고 흘러 흘러 도시의 집으로 돌아갈 수 있었다

▸ 2012년 11월 9일 07 : 45 / 미국 로스앤젤레스 Linda Isle, Newport, Beach 96호

청통협_{青銅峽}의 포성

　광부들이 미쳤다 황하의 큰 댐을 무너뜨려 인촨(銀川)의
조반파들을 수장하려 했다

　그들은 요새를 건설하고 폭약을 옮겼다 장난이 아니었
다

　그들은 자신들이 마오 주석에게 가장 충성스러운 만큼
무산계급이 문화대혁명을 이끌어야 한다고 주장했다

　그들은 베이징에 있는 마오 주석이 자신들의 목소리를
들어야 한다고 했다

　중국 전역이 공포에 떨고 있는 와중에 해방군 62사단이
포성을 울렸다

　광부들은 자신들이 노동자계급으로서 혁명의 선봉자라
누구도 감히 맞서지 못할 것이라고 했다

　그들은 해방군의 투항자들을 포격하고 얼굴에 검게 먹
칠을 했다

　그들은 대포 앞에서 총을 쏘아 투쟁의 결의를 드러냈다

　그들이 도화선에 불을 붙이자 포탄이 하늘로 솟구쳤다

　그들은 울부짖으며 내달렸지만 온통 주검만 남겼다

　해방군의 포화는 매섭고도 정확하여 기본적으로 낭비되

는 법이 없었다

광부들의 시신은 많고도 무거웠으며 기본적으로 즉사한 것들이 대부분이었다

수많은 사람들이 미처 '마오 주석 만세'를 외치기도 전에 주검이 되었고

수많은 사람들이 손에 술잔을 든 채 하늘로 날아갔다

포연이 흩어지자 전사들은 돌격해 달려가면서 무기를 버리면 죽이지 않겠다고 외쳤다

홍기가 펄럭이고, 총성이 하늘을 뒤흔들고, 황하가 용솟음쳤다

▹ 2012년 11월 9일 08 : 01 / 미국 로스앤젤레스 Linda Isle, Newport, Beach 96호

소총 약탈기

요새의 무기고가 약탈당했을 때 병사들은 이미 거의 철수한 상태였다

또 다른 조반파는 군인과 약탈자 사이에 암묵적인 합의가 있었다고 고발했다

작은 도시라 모두들 총을 들고 다녔고, 총소리가 끊이지 않았고, 사람들은 담이 컸다

다들 하늘을 향해 총을 쏘고, 사람을 향해 총을 쏘고, 고양이와 개를 향해 총을 쏘는 바람에 총탄이 비를 이루었다

그리하여 한밤중에 끊임없이 사람들이 경비구의 무기 창고를 열어 탄약을 탈취했다

누군가 제멋대로 마구 총을 쏘아댔지만 그 목적은 탄알을 낭비하고 나서 구리 탄피를 고물상에 파는 것이었다

내 소일거리도 사격하는 사람을 따라다니며 탄두를 모으는 것이었다

탄두에서 알루미늄을 분리해 내면 좋은 값에 팔 수 있었다

나는 이제 총소리를 들어도 눈 하나 깜짝하지 않는다

게다가 총의 유형까지 구별할 수 있다

문혁에게 감사한다 한 소년이 총성 속에서, 번뜩이는 검광 속에서 성장할 수 있게 해준 것에 감사한다

그러나 어느 날 사수가 쏜 총알이 내 친구의 다리에 명중했다

친구는 주저앉아 울부짖으며 왜 자신을 돌보지 못했느냐고 따지고 을러댔다

모두가 말리려고 달려드는 순간 또 한 발의 오발탄이 발사되었다

이번에는 사수가 자신의 다리를 들면서 눈을 휘둥그레 떴다

이때부터 나는 총을 들 때마다 아주 조심했고 절대로 총구가 자신을 향하게 하지 않았다

물론 남들의 총이 내 눈을 향하는 것도 허락하지 않았다

▶ 2012년 11월 9일 08 : 23 / 미국 로스앤젤레스 Linda Isle, Newport, Beach 96호

천슈에루 陳學儒

천슈에류는 조반파 우두머리였다, 위풍이 대단했다

그는 원래 운전기사였다, 한걸음에 하늘에 오른 셈이다

그는 허리에 검을 차고 천군만마를 호령했다

그가 거느리는 무장 순찰대는 작은 도시의 치안도 관장
했다

그의 부하들이 해방군과의 충돌에서 포로로 잡혔다

이에 그는 옥상에 기관총을 설치하고 전투명령을 내렸
다

어느 날 적에게 기습 공격을 당한 그는 진지를 둘러싸
고 서로 사격을 주고받았다

그는 배를 움켜쥐고 총에 맞아 죽은 척하면서 병원으로
이송되어 갔다

지금 생각해 보면 구사일생을 위한 탁월한 계책의 사례
였다

역사 혹은 혁명에는 영웅도 필요하고 무뢰한도 필요했
다

혁명위원회가 설립되고 그는 부주임을 맡았다 이로부터
공을 세워 이름을 떨치기 시작했다

하지만 나중에는 병력을 조직하여 무장투쟁과 살인을 일삼았다는 죄목으로 재판을 받고 감옥에 갔다

어떤 사람들은 조반파의 음울한 영혼이 흩어지지 않아 그 틈을 타고 혁명위원회가 복수를 한 것이라고 말하기도 했다

물론 나도 모든 조반파들의 나중에 죄에 대한 대가를 치르게 된 결과라고 믿었다

나는 길가에 서서 천슈에루가 거느리던 군대가 총을 쏘면서 출정하는 모습을 종종 보곤 했다

나중에는 천슈에루가 오라에 꽁꽁 묶여 군중 앞에서 조리돌림을 당하는 모습도 보게 되었다

▸ 2012년 11월 9일 08 : 41 / 미국 로스앤젤레스 Linda Isle, Newport, Beach 96호

류칭산 劉青山

이 또한 류칭산이라는 실존 인물이다 그는 조반파의 빛나는 영웅이었다

그는 수많은 무장투쟁을 지휘했고 수많은 사람들을 죽였다

그는 군대를 세 번이나 후퇴시켰고 적들을 벌벌 떨게 했다

젊고 혈기가 왕성할 때는 허리에 모젤 권총을 두 정이나 차고 다니면서 곳곳을 누볐다

여자를 좋아하는 그는 도시 전체가 자신에 관한 추문으로 가득한데도 전혀 신경 쓰지 않았다

그의 부인은 곳곳을 다니며 요란을 떠는데도 왜 그에게 총살당하지 않았는지는 의문이다

어머니들이 그를 좋아하는 것은 그의 여자가 되면 성안에서 모로 걸을 수 있기 때문이다

한 번은 수천 명이 그를 포위했는데 그가 옥상에 서서 총을 들어 공격했다

잔인한 그는 총이 손에 있었기 때문에 쉽게 적군의 두목을 총살하여 승리를 얻었다

하지만 나중에는 똑같이 체포되어 형을 선고받고 감옥에서 병에 걸려 죽은 듯하다

어떤 사람은 사실 그가 여자랑 너무 많이 놀아나서 기생병에 걸렸다고 했다

그가 잡힌 후에는 아무도 감히 그의 이름을 입 밖에 꺼내지 않았다

감옥에서 나오면 반드시 몇 명을 죽여 원한을 풀겠다고 말했기 때문이다

하지만 그를 호걸이라 부르는 사람도 있는데, 사심도 없고 두려움도 없이 결연한 의지로 반역을 도모했기 때문이다

프롤레타리아 문화대혁명을 끝까지 진행할 수 있는 유일한 사람이기 때문이다

▶ 2012년 11월 9일 08 : 55 / 미국 로스앤젤레스 Linda Isle, Newport, Beach 96호.

살인자들의 최후

이어서 청산의 시대가 되었고, 무수한 살인 사건에 누군가 책임을 져야 했다

누가 누구를 죽였으며, 누가 누구에게 죽임을 당했는지, 모든 것이 결산되어야 했다

예컨대 같은 학교 학생을 죽인 친구는 사형이 선고되어 곧장 형이 집행되었다

사실, 그들은 원한이 없었고 단지 마오 주석에 대한 충성이 강했을 뿐이다

인간과 인간의 투쟁의 시대, 모든 사람이 폭력과 질투에 젖었던 시대였다

살인자들은 동급생을 캄캄한 교실에 가둬 놓고 무참히 폭행했다

그들은 죽은 친구를 바닥에 엎어놓고 목봉으로 무수히 내리쳤다

관점을 포기하는 데 동의만 하면 풀려날 수 있었지만

맞은 친구는 큰 소리로 마오 주석 만세를 외치면서 보수파의 타도를 주장했다

입으로 선혈을 쏟으면서 의식을 잃고 쓰러진 그는, 마

오 주석의 전사는 절대로 투항하지 않는다고 외쳤다

사람들이 쓰러진 그를 병원으로 데려갔을 때는 이미 그의 두 어깨가 부러져 있었다

소변이 나오지 않자 가족들은 애써 그를 베이징에 있는 병원으로 옮겨 진찰하기로 했다

그는 결국 기차 안에서 죽었다, 기차가 너무 느리고 오염되어 있었기 때문이다

그해에 스무 살이었던 그는 마오 주석의 상장은 말할 것도 없고, 팔에 붉은 완장도 차고 있었다

살인자들도 스물한 살의 나이에 결국 죽음의 운명에 던져졌다

들리는 바에 의하면 그들은 총살당한 후 가족들이 시신을 거부하여 병원에서 해부용으로 가져갔다고 한다

▸ 2012년 11월 9일 09 : 08 / 미국 로스앤젤레스 Linda Isle, Newport, Beach 96호.

군단 대표

혁명과 생산을 동시에 추구하는 시대가 되었고, 우리도 학업이 회복된 상태에서 혁명을 계속해야 했다

군단 대표가 학교에 와서 우리의 비림비공(批林批孔)* 운동을 지도했다

치우중펀(丘仲芬)은 군관의 마누라라 위세가 대단했다

우리는 몇 개의 소대로 조직되어 군사화된 관리를 받아야 했다

그녀는 키가 작았기 때문에, 선생님들은 고개를 숙이고 허리를 구부려야 했다

그녀는 수시로 일부 선생님들의 농촌 하방을 결정하곤 했다

가정 출신에 따라 학생들의 호오를 결정하기도 했다

눈을 내리깔아 나를 보면서 눈 한번 맞추지 않았다

그녀의 맘에 든 남자애들은 기본적으로 전부 군대에 보내졌다

나는 그녀의 눈에 들지 않았기 때문에, 오늘날 포브스

---

* 비림비공(批林批孔) : 1973년 말기부터 전 국방 장관이자 당 부주석이었던 린뱌오(林彪)와 그가 즐겨 인용하던 공자를 함께 비판한 정치 운동.

에 이름을 올린 부호가 되었다

우리의 수업은 주로 마르크스 레닌주의와 마오쩌둥 사상의 갖가지 적들을 비판하는 내용이었다

우리는 사회주의의 풀이 될지언정 자본주의의 싹이 되어서는 안 된다는 것을 알아야 했고

적이 가지고 있는 것은 뭐든지 반대해야 했다

우리의 중학 시절은 군단 대표의 지도로 하루하루가 지나갔다

지금도 나는 그때처럼 치우중편을 난쟁이라고 부른다

그녀를 생각하면, 저주 말고는 할 것이 없다, 물론 그 시대에 대한 저주와 함께

▸ 2012년 11월 9일 09 : 37 / 미국 로스앤젤레스 Linda Isle, Newport, Beach 96호

공선대 工宣隊

노동자계급이 모든 것을 영도해야 한다는 것이 그 시대의 구호였다

그래서인지 무소부재한 공선대가 우리의 학교를 지도했다

대장은 전형적인 색골에 바짓가랑이가 들린 라오가오 (老高)였다

생각해 보면 그가 노동자가 된 것은 스무 살 남짓 때였다

그는 가식적인 태도로 여학생들과 얘기를 나눴다

남학생들은 남몰래 그의 아랫도리를 비웃었다

그는 내게 한 번도 좋은 얼굴을 보인 적이 없었다, 내가 항상 사고를 치고 다녔기 때문이다

그는 내가 반혁명 분자의 자식이라 언제든지 죄를 인정해야 한다고 했다

그는 몇 번이나 내게 손찌검을 하려고 마음먹었지만 끝내 참아야 했다

내가 이미 분노의 눈빛으로 그와 결판을 내려고 벼르고 있었기 때문이다

나는 톨스토이와 푸쉬킨을 구별하지 못하는 그를 무시했다

나는 그가 수치를 분노로 전환하고 있다는 사실을 날카롭게 간파했다

그는 나를 제거하기로 마음먹었다가 생각을 바꾸었다

그가 한 여학생에게 연애편지를 건넸다는 사실을 내가 알았기 때문이다

나는 감히 노동자계급을 미워할 수 없었지만, 그 부패한 시대는 처절하게 미워했다

항상 우리의 청춘을 장악해 버리는 사람들이 있었기 때문이다

▸ 2012년 11월 9일 09 : 48 / 미국 로스앤젤레스 Linda Isle, Newport, Beach 96호

나는 불법 무기 제조범이었다

나중에, 나는 직접 총을 만들어 사방으로 사냥을 다녔다

사실은 참새 한 마리도 맞추지 못했다

내게는 독서의 습관이 없었고 나를 조반하는 것은 긁어 부스럼을 만드는 일이었다

나는 총 쏘는 법을 배워 학교의 유리창을 전부 박살 냈다

한번은 시험 삼아 지나가는 자전거 타이어를 쏜 적도 있었다

파출소 공안이 학교로 찾아와 나를 잡아갔다

공안은 내가 사람을 죽인 적도 없고 돈을 강탈한 적도 없다는 사실을 믿고 다시 학교로 보내 주었다

공선대 군단 대표인 난쟁이 치우중펀은 나를 쫓아내기로 결심했다

그들은 매일 대회를 열어 학생과 선생을 가리지 않고 나를 비판했다

문혁이었기 때문에, 내게 이른바 염치라는 것이 없었기 때문에, 존엄이라는 것이 없었기 때문이다

하지만 결국 그들은 나를 학교에 남겨 두되 관찰 대상으로 지정하기로 했다

모두들 내가 목숨을 걸고 사고를 칠 것이 두려웠다

나는 흰 완장을 두르고 청소를 함으로써 참회의 뜻을 표하는 것을 거부했다

난쟁이 치우가 말했다, 나의 누추한 당안이 영원히 날 따라다니게 하겠다고

대학에 입학할 때 등록을 위해 당안을 제출하면서 몰래 읽어보았다

당안은 도장이 찍힌 종이 한 장에 불과했다, 나는 그것을 찢어 휴지로 써 버렸다

▸ 2012년 11월 9일 10 : 00 / 미국 로스앤젤레스 Linda Isle, Newport, Beach 96호

호구조사

그 시대에는 공안의 권력이 정말 대단해서 마음대로 가택을 수색할 수 있었다

그들은 항상 한밤중에 문을 박차고 들어와 호구 증명을 요구했다

나는 반혁명 분자의 자식인 데다 사고를 많이 쳤기 때문에 주요 관찰 대상이었다

공안은 나를 구들에서 끌어내 하루 동안 있었던 일을 낱낱이 진술하게 했다

하루는 참지 못하고 공안의 아들 하나를 붙잡아 따귀를 갈겼다

이때부터 그는 밤마다 찾아와 이웃들에게 내게 범죄 혐의가 있다며 떠들어댔다

낮이면 나는 그들을 향해 분노의 눈길을 던졌고 입도 덩달아 더러워졌다

자기 아들을 또 때릴까 두려웠는지 그는 냉소로만 그쳤다

그는 또 일부러 학교로 찾아와 내가 전과가 있는 건달이라고 떠벌리고 다녔다

학교에 이런 소문이 돌자 여학생들은 나를 피했다

그는 내가 여학생 화장실을 훔쳐봤다는 헛소문도 퍼뜨렸다

우리 집에 아시마의 음란한 두상이 있다고도 했다

나는 한때 홍소병이었고, 일찍이 무서운 것이 없는 야성을 갖추고 있었다

나는 큰 소리로 외칠 수도 있었다 누가 누구를 두려워하느냐고, 나는 그저 내 힘든 목숨을 유지해 갈 뿐이라고

얼마 후, 그는 또 밤중에 내 호구를 뒤지기 위해 찾아왔다

문을 여는 순간, 하늘에서 요강이 쏟아져 그의 머리 위를 덮쳤다

▸ 2012년 11월 9일 10 : 13 / 미국 로스앤젤레스 Linda Isle, Newport, Beach 96호.

책 훔치는 도둑

문혁이었다, 그래서 모든 것이 봉건, 자본주의 수정 노선의 독초가 되어 있었다

사람들은 표제가 없는 음악을 비판하고 셰익스피어를 비판했다

나는 오히려 도둑이 되어, 도서관 열쇠를 손에 넣었다

이때부터 나는 우리 작은 마을에서 유명 인사가 되었고, 나를 모르는 사람이 없었다

명저들을 몰래 거래할 수 있었기 때문이다

도둑에 불과했지만, 내게는 나의 세계가 있었다

나는 둥에 때문에 밤새 눈물을 흘렸고, 몽테크리스토를 위해 분노했다

마크 트웨인에게 반했고, 사냥꾼의 일기를 외웠다

깊은 밤 조용히 사색에 잠기기도 했다, 점차 시인이 되어 가고 있었다

한차례의 야만 뒤에 문아한 꿈을 꾸었다

그 시대 그 도서관이 간직한 문화의 보고에 감사한다

나를 사람이 되게 해 주었고, 내게 존엄의 충동을 가져다주었기 때문이다

나는 시를 한 수 써 놓고 가서 친구의 코를 부숴 놓기도
했다

『홍루몽』을 읽고 나서 여학생의 등에 잉크를 뿌리기도
했다

어쨌든 한 시대의 책 도둑이 된다는 것은 실보다 득이
많았다

망가진 시대에 자신을 구할 수 있는 방법을 알았기 때
문이다

▸ 2012년 11월 9일 10 : 25 / 미국 로스앤젤레스 Linda Isle, Newport, Beach 96호

몰래 적의 방송을 듣는 사람

적의 방송을 몰래 듣는 사람은 사실 나의 어머니였다

그녀는 종종 밤에 일어나 광석 라디오 수신기를 틀었다

나는 끊임없는 타이완 라디오 방송국의 특무호출부호를
들었다

소련의 강대한 라디오 소리도 들었다

나는 어머니가 무엇을 들었고, 무엇을 생각했는지 모른
다

낮이면 그녀는 그저 흙을 날라서 돈을 벌어야 했고 도
시 안을 조용히 지나다녀야 했다

그 시대에는 적지의 라디오가 혁명 라디오보다 수신 효
과가 더 좋았던 것 같다

어머니는 다 듣고도 아무 표정이 없으셨다

그러나 나는 계속 경찰들이 어머니를 체포하는 꿈을 꾸
었다

이웃이 몰래 고발해서 어머니가 조리돌림 당할까 두렵
기도 했다

하루는 한 이웃이 정말로 다른 이웃을 고발했다

경찰들은 그의 집을 압수 수색 했고, 직장에서도 그를

해고시켰다

나의 동창인 그의 딸은 그 일 때문에 퇴학당했다

그의 가족은 산간 지역으로 이주해 그 뒤로 아무 소식
도 없었다

어머니는 여전히 새벽에 일어나시지만 그저 벽에 기대
멍하니 앉아 있을 뿐이었다

그 후로 다시는 어머니가 광석 라디오를 트는 것을 보
지 못했다

▸ 2012년 11월 9일 10 : 41 / 미국 로스앤젤레스 Linda Isle, Newport, Beach 96호.

비판에는 표제음악이 없다

문공단의 바이올리니스트 천젠(陳健)은 나와 신페이(辛飛)가 공격하려고 벼르던 대상이었다

그의 마누라 위팡(于芳)이 내 중학교 동창 쥐아이링(渠愛玲)과 계속 사이가 좋지 않았기 때문이다

천젠이 바이올린으로 악곡 하나를 연주했을 때 우리는 들으면서 하마터면 눈물을 흘릴 뻔했다

그가 말했다 "알아? 이게 바로 생상스의 <백조>야"

그는 자기가 음악을 연주한다는 것을 절대 다른 사람한테 말해서는 안 된다고 말했다

베이징에서 비판의 대상이 되고 있는 것이 바로 주자파들의 문화이기 때문이었다

모든 사람들이 무조건 모범극을 따라 해야 하고, 마오주석 어록을 암기하고 충자무을 추어야 했다

바이올린으로 연주할 수 있는 악곡은 <베이징의 희소식을 변방지역에 전하다>와 <경마> 두 곡 뿐이었다

베토벤을 알고 나서 나는 계속 <운명교향곡>을 듣고 싶었다

이를 위해, 나는 도서관의 창문을 깨고 레코드판 한 장

을 찾았다

커튼을 치고 문을 잠근 채 우리는 침대맡에 모여 표제
음악을 들었다

아름다움과 흥분은 잘 모르겠지만 우리 모두 감동적이
라고 말했다

나중에 천젠이 없어졌다, 무력 투쟁 또는 비판 투쟁으
로 바쁜 탓일수도 있었다

부호가 되고 나서 나는 집에 높이가 2미터나 되는 스피
커를 설치해 놓고 고전음악만 듣는다

비행기를 탈 때면 나의 MP3는 <백조>로 나를 울린다

문화대혁명에 감사하지 않을 수 없다, 비판 때문에 우
리는 오히려 무엇이 소중한지 알았다

▸ 2012년 11월 17일 10 : 11 / 미국 로스앤젤레스 Linda Isle, Newport, Beach 96호

홍색낭자군

<홍색낭자군>은 모범극으로 쟝칭(江靑)으로부터 유래되었다

마오 주석의 아내인 그녀는 전국 인민을 교화시키려 했다

낭자군은 발레 배우들이 배역을 맡았다, 때문에 모든 남자들의 관심을 끌었다

조반파 우두머리가 질투심을 이기지 못해, 총을 빼들고 우칭샤(吳靑霞)의 다리를 절단했다

낭자군은 몸매가 좋았다, 때문에 사람들 모두 혁명을 갈망했다

생각해 보라, 문화대혁명 때 중국 여성들은 남성들보다 더 야성적이었고

중국의 모든 남성들이 우칭샤를 이상형으로 흠모했다

중국의 모든 여성들 또한 양즈룽이라는 우상을 갖고 있었다

남성 혁명가는 숭고하고 위대하며, 여성 혁명가는 자태가 늠름하다고 사람들마다 칭송했다

물론 나는 홍색낭자군의 매혹적인 미모를 더 좋아했다

중국 전체가 여덟 편의 모범극을 몇 해 동안 반복해 보
면서도 싫증 내는 사람이 없었던 것은

우리가 혁명의 원리를 이해했고, 혁명의 본보기가 그
안에 있었기 때문이다

쟝칭이 자살한 뒤에도 나는 여전히 <룽쟝송(龍江頌)*>
의 멜로디를 흥얼거릴 수 있었다

나의 생명이 이미 혁명의 유전자로 구성되었기 때문일
것이다

요즘 난 항상 감정을 스스로 억제하지 못하고 <베이징
의 금산위에 빛살이 사방을 비춘다>를 흥얼거린다

과거에 홍위병이었던 사람들은 평생 주먹을 풀 수 없을
것이라는 생각이 든다

▸ 2012년 11월 9일 11 : 02 / 미국 로스앤젤레스 Linda Isle, Newport, Beach 96호.

---

* 〈룽쟝송(龍江頌)〉은 경극(京劇) 극목 가운데 하나이다.

음산한 천주교회

천주교회 지하에 죽은 영아들이 무수히 숨겨져 있다는 사실은 누구도 다 알고 있었다

작은 도시의 주민들은 홍위병을 따라 천주교 교회로 마구 돌진해 들어가 사방을 수색했다

수녀들은 예쁘지 않았지만 아주 침착했다, 그녀들은 예수님을 향해 기도를 올릴 뿐이었다

십자가 위에는 한 사람이 머리를 수그리고 피를 흘리며 사람들을 슬프게 내려다보고 있었다

홍위병들은 의자를 박살 내고 성경을 불태웠다, 도처에 짙은 연기가 일었다

영아의 울음소리를 들었다고, 소름이 끼친다고 말하는 사람들도 있었다

신부는, 그것이 비바람 소리지만 사실은 자신의 마음이 울고 있는 것이라고 해석했다

사람들은 마음대로 부수고 불태우고 죽일 수 있었지만 주님은 모든 사람을 사랑했다

아무것도 보지 못해 따분해진 나는 성경 한 권을 가져가서 엉덩이를 닦으려 했다

그날 저녁 나는 카인이 길을 잃은 이야기와 사막 속의 뱀을 읽었다

지금까지도 성도가 되지는 못했지만 나는 여전히 미안한마음을 갖고 있다

성경을 훔쳤고 교회를 파괴했던 나는 아마도 천당에 가기 힘들 것이다

부호가 되어 고향에 돌아갔을 때 나는 이 교회를 위해 뭔가 해주고 싶었다

영혼을 구할 수는 없다 해도 하느님이 내게 호감을 갖게 하고 싶었다

하지만 작은 도시의 거리에는 이미 빌딩들이 숲을 이루어 있고 천주교 회회는 흔적도 찾아볼 수 없었다

사람들은, 나 같은 부동산업자들이 낡은 집을 허물고 새 집을 지어 돈 방석 위에 앉았다고 말한다

어쩌면 하느님도 마음이 상해 마침 이사 가려던 참이었는지 모른다

▶ 2012년 11월 19일 17 : 56 / 베이징 쿤룬昆侖호텔 계곡 낚시장 천초청淺草廳

꽃신 한 짝

내가 살던 작은 도시는 중국 서부에 있어 겨울에는 매우 춥고 음산했다

그래도 우리는 문 앞에 모여 꽃신 한 짝 이야기를 듣곤 했다

투쟁하던 시대에 가슴 따스했던 몇 안 되는 광경이었다

그럭저럭 들을 만한 이야기가 있다는 것은 일상의 고달픔을 잊게 하기에 충분했다

고1 때 같은 반 친구였던 라오위녠(老兪年)은 타고난 이야기꾼이었다

매일 저녁 모두들 추위에 머리칼을 곤두세우고 구들 위에 모여 잠을 청할 때면

그는 이야기를 한 편씩 풀어 냈다

그 친구가 버스에서 죽은 사람 이야기를 하고 난 뒤로 나는 두 번 다시 버스 탈 엄두를 내지 못했다

그 친구가 꽃신이 나타난 부분까지 이야기하자 모두들 서로 더 가까이 몸을 붙였다

그 친구는 또 카르멘 이야기도 들려주었다

눈물 흘리며 이야기를 듣고 나서 우리는 온갖 상상에

젖었다

밤이 되면 우리는 더 이상 홍소병이 아니라 꿈꾸는 소
년일 뿐이었다

꽃신의 소재에 대해 나는 끝까지 들어 보지도 못했고
알지도 못했다

나와 함께 성장한 꽃신은 한 시대의 기념이 되었다

나중에 나는 카르멘이 집시 여인이라는 것을 알았고

아름답고 야성적이며 음탕한 여인이라는 것을, 부자와
상류층만 좋아하는 여인이라는 것을 알았다

낮에는 모범극이 있었고 밤에는 꽃신이 있었다, 우리는
그 둘 사이에서 성장했다

꽃신은 시대이기도 하고 일상이기도 하고 추억이기도
했다

▸ 2012년 11월 9일 13 : 15 / 미국 로스앤젤레스 Linda Isle, Newport, Beach 96호

계혈鷄血 주사

류사오바오(劉小保)의 아버지는 닭 피 주사를 맞고 나서 원기가 왕성해졌다

수탉이 건강했기 때문이라고 했다, 교미한 적이 없는 총각 닭이라고

이웃들은 그 말을 듣고 집에 있는 돈을 털어 산골 마을로 가서 수탉을 샀다

도시 전체의 사내들이 닭처럼 모가지를 꼿꼿이 세우고 길을 걷거나 출근을 했다

병원 입구에는 사람과 수탉으로 긴 줄이 생겼다

의사들은 닭 피를 뽑아 사람의 혈관에 주사하기 바빴다

이로 인해 죽은 사내가 있었는지는 모른다, 어쨌든 그 때는 그것이 유행이었다

탐욕의 시대라 어차피 모두들 할 일이 없었다

닭 피를 맞고 몸이 가벼워져 날 것 같다는 사람도 있고

눈이 밝아지고 정신이 또렷해지며 백발에도 원기가 왕성해졌다는 사람도 있었다

튼실한 사내아이가 생겨 여생을 편안히 살게 됐다는 사람도 있고

전투 중에 죽지도 않았고 총알도 피해 갔다는 사람도 있었다

류사오바오의 형은 닭 피 주사를 맞지 않았다, 그는 좀처럼 마음이 편치 않았다

자신이 닭처럼 홰를 치며 울어댈까 두려웠다고

닭처럼 겨나 나물 따위를 쪼아 먹으며 살게 될까 두려웠다고 했다

그는 이 때문에 상황 파악 못 하는 이상한 사람이 되었다

그래서 온 마을 사람들의 얘깃거리가 되었다

때문에 그는 시대의 일을 알지 못하는 이상한 사람이 되었다, 도시 전체가 그에 대한 의론으로 들끓었다

모두들, 그가 대학을 헛다녀 바보가 되었다고 했다

▶ 2012년 11월 9일 13 : 47 / 미국 로스앤젤레스 Linda Isle, Newport, Beach 96호

홍차균

홍차균은 발효차의 일종으로 도시 사람이면 누구나 한 잔씩 손에 들고 마셨다

혁명하는 사람들에겐 기호나 정취에 있어서 특별한 구별이나 차이가 없었다

혁명위원회 사람이 주석대 위에서 연설을 할 때 그가 마시는 것은 홍차균이고 토해 내는 것은 프롤레타리아 계급독재였다

군중은 주석대 아래서 큰 이치에 관해 사유하면서 차가 든 병 마개를 열었다

여학생들의 차 병은 색색의 실로 짠 보온 커버로 싸여 있었다

따듯하면서도 손이 뜨겁지 않아 아침부터 저녁까지 홍차균을 마실 수 있었다

전국의 인민들이 홍차균이 수명을 늘려 주고 강장과 미용에도 좋다고 믿었다

혁명의 시대에 아주 쉽게 습관이 통일된다는 것은 정말 기적 같은 일이었다

뉴크리(牛克理)의 아버지는 자신이 특수한 균종을 발명

했다고 큰소리쳤다

그는 혁명위원회 주임의 집을 드나들었고 몰래 주자파들에게도 맛보게 했다

사실 그가 발명한 균종은 하룻밤을 보낸 전차를 다음날 햇볕에 부패시킨 것이었다

누군가 설사를 하면 그는 체내에 쌓여 있던 독이 배출되는 가장 효과적인 방법이라고 둘러댔다

어느새 그의 균종은 대단히 희귀한 물건으로 간주되고 있었다

그는 나날이 지위가 올라갔고, 마침내 혁명위원회 위원이 되었다

하지만 결국 그는 자신이 만든 균종에 중독되어 병원에 입원해야 했고

그가 병실에서 만난 사람들도 하나같이 항생제가 필요했다

▸ 2012년 11월 9일 19 : 55 / 미국 로스앤젤레스 Linda Isle, Newport, Beach 96호

고발자

마오 주석께서 서거하자 전 세계 인민이 비통에 젖었다, 나도 더 이상 살고 싶은 마음이 없었다

하지만 리(李) 선생님의 딸은 평소처럼 창문 주렴을 달아걸고 바이올린을 켰다

파가니니의 음악이었다, 너무도 서정적이고 애잔하고 감동적인 선율이었다

몹시 분노한 마(馬) 선생님은 이를 반혁명적 행동이라며 혁명위원회에 고발했다

공안이 여자아이를 체포하긴 했지만 어떻게 평결을 내려야 할지 몰랐다

여자아이는 자신의 연주가 위대한 영도자의 서거를 애도하기 위한 음악이었다고 말했다

하지만 리 선생의 가족이 문혁 기간에 완전히 풍비박산된 것을 모르는 사람이 없었다

그는 한 번도 마오 주석 만세 만만세를 외친 적이 없었다

리 선생은 이것이 봉건 황제들이 사용했던 장난일 뿐이라고 말한 적도 있었다

새로운 시대, 새로운 사회가 되었으니 그런 봉건의 잔
재는 사라져야 한다는 것이 그의 주장이었다
　주위의 이웃들은 자발적인 감시자가 되어
　매 순간 조직에 리 선생의 일거일동을 보고했다
　리 선생도 이웃들이 음란한 가곡인 '신천유(信天游)*'를
듣는다고 고발했다
　모두가 서로 방비하면서 서로의 지옥이 되었다
　나도 동창생 쥐메이링이 자산계급의 사상을 갖고 있다
고 고발한 적이 있었다
　고발은 민족의 생존과 안전을 위한 마지노선 같은 특징
이었다

　▸ 2012년 11월 9일 20 : 14 / 미국 로스앤젤레스 Linda Isle, Newport, Beach 96호

---

* 신천유(信天游) : 음악 중국 섬북(陝北) 민가 곡조의 일종. '산가(山歌)'의 총
　칭으로 일반적으로 2구(句)를 1단(段)으로 하는데, 짧은 것은 1단뿐이고 긴
　것은 수십 단이 이어진다. 같은 곡조를 반복하여 노래 부를 수 있고 반복할
　때에는 곡조가 바뀔 수도 있다.

제3부

함께 공부했던
소년들

신페이 #후飛의 볼링공

이미 백발이 된 신페이의 머리에서는 세상의 온갖 풍파
가 느껴진다

그에게는 크고 무겁고, 정확하면서도 사나운 볼링공이
하나 있다

그해에 우리는 나이가 어려서 무장투쟁에 참가하지 못
하는 것이 한이었다

우리는 조반파 형, 누나들이 칼을 차고 소총을 들고 다
니는 것이 몹시 부러웠다

우리는 함께 호송차 뒤꽁무니를 따라 처형장으로 달려
가 일찌감치 좋은 자리를 차지하고 앉았다

하지만 모두들 뇌수가 몸에 튀는 것이 싫어 조심스럽게
거리를 유지하고 서 있었다

그는 내게 기꺼이 자기 의형제가 되어 달라고 했다

그는 <헤겔이 벽을 보고 나의 태양>이라는 곡을 불렀
고,

자신이 소련 수정주의와의 전투에서 전투기에 화염방사
기를 설치할 것을 건의했다고 말했다

그는 내가 만든 총을 빼앗아 가 놓고도 나와 함께 방공

135

호를 팠다

우리는 모두 노동자, 농민, 군인, 학생이 되었다 그는 상하이의 한 사범대학에 들어갔고 나는 베이징대학의 옌위안(燕園) 기숙사에 입주했다

우리는 모두 버려진 시대로 간주되었고 후배들에게 곁눈질의 대상이 되었다

졸업 후 그는 닝샤로 돌아가 광고 일을 하게 되었다

그는 이리저리 쓰고, 그리고, 뛰고, 말하면서 도처에서 광고를 끌어오기 위해 노력했다

최근에 새로 온 사장이 그를 별로 좋아하지 않는다고 한다, 그가 자신의 나이가 많은 것을 인정하려 하지 않기 때문이라는 생각이 든다

내가, 우리가 이 포스트 문혁 시대를 제삼자나 방관자의 입장에서 바라보아야 한다고 말하자

그는 고개를 가로저었다, 그 시대를 떠올리기만 하면 너무나 유쾌해진다고 말했다

▸ 2012년 11월 12 / 미국 로스앤젤레스 세인트마리 윔블리로드 1416

라오위녠老兪年의 카르멘

열 살 때, 라오위녠은 매일 같이 내게 카르멘에 대해 이야기했다

그 당시 우리는 이 집시 소년에게 완전히 매료되어 있었다

그는 마치 카르멘의 동생인 것 같았다 얘기를 시작하면 너무나 그럴듯해 실제로 보고 들은 것 같았다

내 기억으로 그는 한 번도 카르멘의 죽음에 대해 언급하지 않았다, 하지만 얘기는 줄곧 끊이지 않았다

문화대혁명 시기 우리는 각자 다른 거리의 패거리에 속해 있었으나 한 번도 서로 싸운 적이 없었다

아마도 카르멘으로 인해 모두가 그를 다시 보고 호형호제했기 때문일 것이다

그의 큰형은 무장투쟁에서 무참히 구타당하고 베이징으로 가는 기차 안에서 죽었다

나중에 그의 형을 죽인 사람은 사형을 당했으니 피를 피로 갚은 셈이었다

나는 줄곧 우리가 너무나 비참하다는 생각을 한다, 우리는 그저 무력한 시대의 희생물이었다

우리는 천진난만했고, 무고했고, 불쌍했다

그는 운이 좋아 삽대되지는 않았지만 그 때문에 할 일이 없어졌다

그는 갈수록 말이 없어졌다, 삶의 압박 때문일 거라는 생각이 들었다

더 많은 세월이 지나 그는 베이징으로 와서 나를 위해 일했지만 비준을 거치지 않고 불법 건물을 건축했다

지금, 그는 닭을 기르는 것으로 겨우 식품안전 문제를 해결하고 있다

그의 카르멘을 기억한다, 그가 나를 도와 우리 어머니를 함께 묻었던 것이 기억난다

최근 그는 고향으로 돌아가 고향을 지키며 늙어가고 있다

문득 그에게 다시 한번 회사에 출근할 수 있는 기회를 줘야겠다는 생각이 들었다

▶ 2012년 11월 12일 06 : 32 / 미국 로스앤젤레스 세인트마리 웜블리로드 1416

리빙추병이 보이지 않는다

성욕이 너무 강했던 리빙을 나는 늙은 당나귀라고 불렀다

나는 그가 성 경험이 아주 많다는 것을 알고 있었고 그점 때문에 그를 매우 부러워했었다

어렸을 때 그는 쌈박질은 거의 하지 않았지만 나쁜 일에는 항상 그가 끼어 있었다

그는 홍소병으로서 특히 말과 춤에 능했다

질투심으로 인해 나는 그가 다양한 여자들을 침대로 데려가는 것에 개의치 않았다

그의 여자 친구가 낳은 아이는 둥글둥글했다, 사람들은 백이면 백 아이가 그를 닮았다고 했다

그는 삽대되어 열심히 일하면서 노동 점수도 따고 꾸준히 연애 경험을 확대해 갔다

아버지를 대신해 취업한 뒤에도 그의 주요 업무는 여자들과 어울리는 것이었다

그의 장점은 언제나 자신의 연애담을 자세히 말해준다는 것이다

나의 장점은 줄곧 올곧은 척하며 개과천선하라고 그를

좋은 말로 타이르는 것이다

　고향에 내려갔을 때 술에 취한 그는 실성한 당나귀처럼 나를 힘껏 껴안기도 했다

　나중에 그의 아내는 피아노를 가르치고 그는 강습료를 수금하면서 그렇게 가정을 꾸려 나갔다

　우리가 다시 만났을 때 그는 줄곧 긴장한 표정으로 집에 늦게 들어가게 되는 것을 두려워했다

　아마도 그의 아내는 내가 그에게 온갖 풍류를 가르쳤다고 생각할 것이다

　아마도 그는 아내에게 내가 온갖 풍류로 자신을 꼬드겼다고 둘러댔을 것이다

　하지만 아쉽게도 지금은 증명할 방법이 없다, 동창들 모두 요즘 그가 보이지 않는다고 말한다

▸ 2012년 11월 9일 06 : 51 / 미국 로스앤젤레스 세인트마리 윔블리로드 1416

지도자가 된 장린張林

나는 지금 큰돈을 번 홍소병이 되었고 장린은 자치구의 간부가 되었다

그 시절, 우리는 함께 가두시위를 했고 함께 최고지시를 받아 칠판 벽보를 운영했다

내 기억에 그는 한 번도 쌈박질을 한 적이 없지만, 길거리에서 자전거 타는 사람들을 놀라 넘어지게 하곤 했다

딱히 나쁘다고도 할 수 없고 또한 좋다고도 할 수 없는 날들이었다

장린이 무장투쟁에 참가하지 않은 것은 공부에 미련이 있기 때문이었다

아마도 그는 다른 각도에서 마르크스 레닌주의를 이해했던 것 같다

장린이 대자보를 쓰지 않은 것은 그것을 일고의 가치도 없는 것으로 생각했기 때문이다

지금 돌이켜보면 나처럼 장린도 붓글씨 쓰는 법을 몰랐던 것이 아닌가 하는 생각이 든다

삽대된 그는 인민공사 문화선전공작단 단장이 되었고, 수하에 아름다운 여인들이 구름 같았다

나는 핑계를 찾아 그를 만나러 갔고 기회를 잡아 그가 연출한 공연을 관람하기도 했다

인촨호텔에서 우리는 『사회주의는 도처에서 승리하고 전진할 것이다』라는 제목의 전시회를 마련했다

그가 『반듀링론』을 설명할 때는 하나도 이해하지 못해 부끄럽기도 하고 화가 나기도 했다

장린은 온화한 미소로 나를 가리키면서 똑똑한 친구니 책과 신문 좀 많이 읽으라고 말했다

그때 나는 그가 지도자의 면모를 상당히 갖추고 있다고 생각했다, 역시 지금 그는 매우 높은 지위에 있다

지난 얘기를 할 때면, 그는 항상 나를 반갑게 맞아들여 와인을 대접하곤 한다

그는 술병의 상표 속에서 미소를 짓고 있었다, 나는 그 것이 그의 과거 모습이라고 말했다

세월이 흘러갔고, 우리는 둘 다 운이 좋았다, 시대에 도 태되지 않았으니까

▶ 2012년 11월 16일 05 : 30 / 베이징 창허완

웨이싱魏星의 누나

웨이싱은 내 어린 시절 친구로 우리는 몸과 그림자처럼 떨어지지 않고 붙어 다녔다

닭을 훔칠 때면 그가 닭장을 뚫고 나는 바람을 잡았다

물론 그의 집 큰 마당에는 닭이 많아 언제 잡을 지만 결정하면 됐다

우리는 함께 홍소병이 되어서 탄궁을 매고 무장 허리띠를 찼다

한 번은 둘이 함께 한 녀석을 두들겨 패서 머리가 깨지고 피가 낭자했다

녀석의 조반파 외삼촌이 조카의 복수를 위해 우리를 산 채로 매장하려 했다

한 번은 우리가 군단 대표 마누라인 치우중편의 이간에 휘말린 적이 있었다

그녀는 내가 웨이싱이 체육실에서 배구공을 훔쳤다고 고발했다고 말했다

이리하여 웨이싱의 누나는 나를 보고도 못 본 척 했다

사실 누나는 내게 밥을 차려 주어 맘껏 먹게 한 적이 수도 없이 많았다

삽대된 뒤로 우리는 다시 만나지 못했고 서로 얼굴도
잊었다

그는 줄곧 고향에서 수리국의 간부로 일하고 있다

다시 만났을 때 그는 술을 많이 마셨고 쉬지 않고 담배
를 피워댔다

얼굴은 검게 변했고 치아도 녹이 슬었지만 얼굴은 여전
히 중후했다

생각해보니, 그는 처음부터 나만큼 심술이 많지 않았던
것 같다

그의 누나는 나를 제대로 보았을 것이다

그 시절에 우리는 우리가 아니었고 나도 진짜 내가 아
니었다

▸ 2012년 11월 12일 07 : 07 / 미국 로스앤젤레스 세인트마리 윔블리로드 1416

허리리^{何麗麗}의 오빠

허리리는 내 마음속 깊은 아픔이다 우리는 죽마고우이기 때문이다

물론 지금 이렇게 말하는 것은 그녀가 이제 할머니가되어 혼자 살고 있기 때문이다

수업이 회복되어 다시 혁명을 일으킬 때 중학교 1학년이라 나란히 한 책상에 앉은 우리는 책상에 칼로 삼팔선을 그었다

시험 때면 나는 그녀에게 내 시험지를 보고 답을 베낄수 있게 해 주었다

이 일로 반에서는 나에 대한 비판 투쟁이 진행되었다, 그녀는 나를 위해 일어서 억울함을 하소연하면서 내 편을들어 주었다

어느 날 새벽, 그녀가 교실에 들어왔을 때, 반 전체 남학생들이 쥐 죽은 듯이 조용히 그녀의 눈치만 살폈다

그때 나는 그녀를 나의 취타오(區桃)*라고 여겼지만 그것이 사랑인 줄은 미처 몰랐다

---

* 취타오(區桃) : 어우양산(歐陽山)의 소설『삼가항(三家巷)』에 등장하는 여성
인물이다.

삽대될 때 그녀는 우중(吳忠)으로 갔고 나는 통구이(通貴)로 갔다 그 뒤로 서로 다시 만나지 못했다

그녀가 보고 싶어 편지를 썼지만 그녀는 한 번도 답장을 해 주지 않았다

나중에 그녀는 자기 오빠가 우리의 교제를 반대했다며 사정을 설명했다

당시에는 국민당 후손과 반혁명 분자 자녀가 교제한다는 것은 엄청난 재난이었다

문혁은 우리의 운명이 많이 바꿔놓았다 하지만 우리는 문혁을 바꿀 수 없었다

비참한 운명이었다, 피할 수 없는 고통이었다

지금 허리리는 염업국장 직에서 은퇴하여 편안한 노년을 보내고 있다

그녀는 늘 말하곤 한다 당시에 내가 사탕 종이에 시도 써 주기도 하도 허란산의 신 대추도 싸 주었다고

그녀는 자신의 작은 아들을 내 밑으로 보내면서 훈련을 시켜 달라고 했다 아들에게 더 좋은 세월을 보내게 하고 싶다고 했다

나는, 많은 말 하지 않았다, 그녀의 세월을 한 마디 한 마디 몇 번 더 막하게 하기 위해서

▸ 2012년 11월 12일 07 : 45 / 미국 로스앤젤레스 세인트마리 웜블리로드 1416

일급 연출자 쥐아이링渠愛玲

쥐아이링은 금년에 나의 ≪홍촌(宏村)·아쥐(阿菊)≫를 성공적으로 연출해 낸 일등 공신이라고 할 수 있다

나는 중학교 1학년 때 문화선전공작단에서 춤을 춘 바 있는 그녀가 국가의 일급 연출자라는 것을 잘 알고 있다

그녀는 허리리와 어렸을 때부터 단짝이었다, 나는 지금도 한 남자가 동시에 이 두 여자를 쫓아다녔다고 의심한다

그녀들은 둘 다 외모가 출중했으나 나와는 아무런 연고가 없어 몇 년 동안 속이 상했었다

무대에서 그녀가 춤추는 모습을 보는 날 밤이면 나는 구들 위에서 많은 꿈을 꾸었다

지금까지 말할 수 없었지만 그 뒤에 그녀는 내 친한 친구를 좋아했다

문화대혁명 시기에 내가 삽대되어 있는 동안 그녀는 주로 <홍색낭자군> 춤을 추었다

두 여자는 너무나 아리땁게 잘 성장하여 도시의 유명인사들이 되었다

쥐아이링에게는 연애 경험이 많은 것이 분명하지만 그

녀는 한 번도 이를 인정하려 하지 않았다

나중에 마침내 그녀는 우리 회사에서 프로그램을 연출하길 원했다

나는 회의 때마다 득의양양하게 말하지만 요즘엔 한숨을 쉬기도 한다

게다가 난 허리리의 잔소리를 싫어할 수도 있고 취아이링을 멍청하다고 욕할 수 있게 되었다

어려웠던 시절은 어려움 때문에 사람들에게 잊히기 어렵고

혼란스러웠던 시절은 그 혼란함 때문에 자꾸만 사람들에게 회상되는 것일까

그 시절이 원망스럽긴 하지만 오늘날 우리가 잘 지내게 된 것은 너무도 기쁜 일이다

취아이링이 마이크를 잡고 연출을 지도하는 모습을 볼 수 있어 좋다

취아이링과 한 비행기에 나란히 타고 당시에 왜 나를 좋아하지 않았냐고 투정 부릴 수 있어 좋다

▶ 2012년 11월 12일 08 : 10 / 미국 로스앤젤레스 세인트마리 윔블리로드 1416

장빙허 張秉合의 미소

장빙허는 어렸을 때부터 늙을 때까지 시종 얼굴에서 미소를 잃지 않고 있지만 그 시절엔 싸움의 고수였다

내가 종종 다른 인민공사에 삽대된 그를 만나러 찾아가면 그는 신이 나서 내 총을 갖고 놀았다

나는 생산대에서 회계를 맡고 있었지만, 나만큼 말주변이 좋지 못했던 그는 줄곧 농장에서 일하는 수밖에 없었다

그는 나처럼 총으로 개를 쏴 죽이지도 못했고 웅덩이에 열세 발의 수류탄을 한꺼번에 내던지기도 했다

하지만 그보다 더 많은 문혁의 유전자를 지니고 있는 나는 그보다 투쟁의 정서가 더 짙을 수밖에 없었다

그해에 우리는 홍위병의 완장을 훔쳐 차고 남들이 붙인 대자보를 뜯으며 돌아다녔다

좁은 골목에 줄을 걸어 놓고 자전거를 타는 지나가는 사람들을 넘어뜨리며 즐거워하기도 했다

물론 싸움이 벌어질 때면 그가 늘 맨 앞에 나서 거친 모습을 보였고 나는 항상 도망치면서 뒤에서 소리만 질러댔다

오늘날 나는 장사꾼이 되었고 그는 회계 사무소를 차렸다, 그의 주요 업무는 회계 감사다

포스트 문혁 시대, 우리는 넉넉하게 술을 마시면서 지난날을 회상하는 것으로 회포를 푼다, 그의 기억력은 늘 나보다 좋았다

좋은 일로 텔레비전에서 대중 앞에 얼굴을 드러내는 것부터 인터넷에서 잔뜩 욕을 먹는 것까지, 그는 나에 대해 모든 것을 안다

그는 나를 도와 내 어머니 무덤을 정리하기도 하고, 나를 대신해 유아원 건축에 돈을 기부하기도 했다

얼마 전 우리는 허란산 아래 큰 와이너리를 열어 마음껏 즐기기로 결정했다

사는 것이 쉽지는 않지만 놀고, 먹고, 수다떨 수 있는 공간은 꼭 필요하다고 생각했다

우리는 홍소병 시절부터 많은 은혜와 원한, 삶과 죽음을 기억하고 있다

우리는 운이 좋아 다른 동창들처럼 가난하고 초라하지 않게 돈을 벌 수 있었다고 말한다

장빙허는 미소를 지으며 친구들을 전부 초대해 몇 날 며칠 술 마시며 놀아야 한다고 말한다

▸ 2012년 11월 1일 23 : 51 / 로스앤젤레스에서 베이징으로 오는 길 CA984 1A 좌석

류성신劉勝新의 문혁

류성신은 대학 졸업 후 우리 앞집에 살다가 문화대혁명이 일어나자 고향으로 발령이 났다

매일 정원을 한가로이 거닐었던 것으로 보아 무장투쟁에 참여하진 않은 것 같았다

모두가 문화 공격에 열을 올리고 있을 때, 그는 그런 대자보는 일고의 가치도 없다고, 말도 안 되는 오자투성이라고 펄펄 뛰었다

모두가 무장투쟁에 참여했을 때, 그는 내게 유탄이 날아들거나 부상자가 뛰어 들어오지 못하게 대문을 꼭 걸어 잠그라고 신신당부했다

지금도 나는 왜 당시에 그를 잡아가는 사람이 없었는지, 그에게 태도를 분명히 하라고 압박한 사람이 없었는지 이해가 되지 않는다

게다가 그는 마오 주석을 언급하는 일이 거의 없었고 그저 내가 소설책 몇 권을 구해다 주기만을 바랬다

그는 끝내 칼에 찔리지도 않았고 총에 맞거나 죽임을 당하지도 않았다

권력을 장악한 주자파들의 보복 공격 대상이 되지도 않

았다, 그에게 관심을 갖는 사람도 없었다

나중에 그가 말했다, 자신은 문혁이 인민의 재난이 될 것임을 이미 예상하고 있었다고

누가 적극적이고 누가 재수가 없는지, 누가 혁명을 일으키고 누가 끝내는지 예상하고 있었다고

전바오도(珍宝島)사건이 일어났을 때 그 역시 나와 함께 열심히 마당에 방공호를 팠다

나는 폭격 때 많은 사람들이 숨을 수 있도록 최대한 크게 팠다

한 가지 인상에 남는 일은, 어느 날 그가 내가 적어 놓은 마야코프스키의 계단시를 보고 몹시 놀랐던 것이다

그는 내게 글재주가 있으니 외부의 혼란은 신경 쓰지 말고 계속 글이나 쓰라고 권했다

이제 그는 이미 늙었지만 여전히 담담하다, 여전히 도대체 무엇을 하고 있는지 궁금하다

그는 나를 데리고 허란산 공동묘지에 가서 성묘를 하고, 우리 어머니 무덤에 절을 올렸다

그는 우리 어머니에게 가핑(尕平)은 잘 지내고 있으니 걱정 말라고 말했다

▶ 2012년 11월 14일 0 : 31 / 로스앤젤레스에서 베이징으로 오는 길 CA984 1A 좌석

152

류샤오바오劉小保의 결혼사진

류샤오바오는 류신성의 동생이자 나의 불알친구다 우리는 어렸을 때부터 함께 닭을 훔치고 개를 가지고 놀았다

우리는 먹을 것을 살 돈이 없기 때문에 기본적으로 서문 성루에 있는 비둘기란 비둘기는 전부 다 먹어 치웠다

가두시위에 참여했을 때 우리는 작은 활과 종이 몽둥이로 여자아이들의 엉덩이를 때리면서 괴롭혔다

당시는 사람들이 무산계급 문화대혁명이 무조건 좋은 것이라며 마음껏 외치는 시기였다

나는 종종 집에서 얻어맞았고 그는 내게 도망치는 방법을 가르쳐 주었다

한 번은 엄마와 누나가 먼지떨이로 나를 때리려 할 때 그의 말대로 얼른 지붕 위로 도망쳤다

말이 없고 매우 엄격했던 그의 아버지는 그에게 항상 똑바로 서서 말하게 했다

또한 전란으로 세상이 어지러울 때는 가난한 백성들은 함부로 생각하고 말해선 안 된다고 가르쳤다

하지만 우리는 숙제 검사를 안 받아도 되고, 맘껏 패싸움을 할 수 있고, 교장 선생님에게 반항할 수 있고, 허리

에 칼을 차고 다닐 수 있다는 점 때문에 조반이 타당하다고 생각했다

마지막 공동 작전이 끝나고, 우리는 각자 생산대에 삽대되어 고난의 세월을 보내게 되었다

어느 날 그가 일자리를 얻어 제복을 입고 철도 노동자로 일하고 있다는 소식을 들었다

1978년, 그는 베이징대학으로 나를 찾아왔고, 우리는 웨이밍(未名) 호수에서 사진을 찍는 것으로 재회를 기념했다

그는 다음 날 내게 자기 아내를 데리고 함께 톈안문 광장에 가서 결혼사진을 한 장 찍어 달라고 했다

마침내 그는 톈안문 광장에 왔지만 생각보다 그렇게 감격스럽지는 않다고 말했다

그는 마오 주석 초상을 보고도 눈물을 글썽이지 않았고 뭐라고 소회를 말하지도 않았다

오후에 그는 기차를 타고 고향으로 돌아가 출근해야 한다며 그만 가자고 했다

▶ 2012년 11월 14일 0 : 52 / 로스앤젤레스에서 베이징으로 오는 길 CA984 1A 좌석

류샤오핑劉小平의 벌어진 앞니

우리 반 류샤오핑은 앞니가 없어서 모든 사람들에게 비웃음의 대상이었다

아마 그의 할아버지는 무슨 간부였던 것 같다, 하지만 주자파가 되었음에도 불구하고 류샤오핑의 입은 여전히 딱딱했다

그의 집은 공원 안에 있어 우리는 학교 가는 길에 지나갈 때마다 큰 소리로 그를 부르곤 했다

그는 자전거를 타고 언덕을 내려가다가 넘어져 앞니가 부러졌지만 당시에는 딱히 치료할 방법이 없었다

조반의 주된 업무는 사람들을 욕하고, 때리고 교장 선생님 얼굴에 침을 뱉는 것이었다

말솜씨가 뛰어난 그는 밤중에 인환의 길거리에서 조반파 홍위병들과 한바탕 논쟁을 벌인 적이 있었다

한 번은 그가 나무에서 내려오다가 가슴팍에 있던 마오주석의 상장이 긁혀 손상된 적이 있었다

그는 다음 날 내게 당장 반짝이는 것으로 바꿀 테니 이사실을 비밀로 지켜 달라고 간곡히 부탁했다

물론, 그는 홍위병 누나의 가슴에 달린 것을 훔쳤다

모두들 건달들을 소탕한다고 큰소리칠 때, 그는 대담하게도 공원 나무숲으로 들어갔다

그는 줄곧 특이한 인물이었다, 다른 사람들에 대해서는 일체 관심을 보이지 않고 오로지 자기 할아버지에 관해서만 얘기했다

나중에, 그의 할아버지는 문화대혁명위원회의 부주임이 되었고, 이로 인해 그의 콧대는 더욱 높아졌다

나중에, 나는 어렵사리 뛰어난 기술을 익혀 그의 턱을 밑에서 위로 가격했다

수년간에 걸친 우리의 승부는 마침내 끝이 났고 모두들 축하의 뜻을 표했다

하지만 그는 그 뒤로 반에서 가장 예뻤던 천샤오친(陳小芹)을 아내로 맞게 되었고, 모두들 너무 불공평하다고 불평했다

들리는 바로는 그의 집이 너무 엄해, 그녀는 여태 동창회 한번 참석하지 못했다고 했다, 모두들 그래선 안 된다고 생각했다

들리는 바로는 최근에 그는 처장이 되었고, 더욱 안하무인이 되었으며, 늘 가난하고 초라한 사람들을 업신여긴다고 한다

▶ 2012년 11월 14일 0 : 57 / 로스앤젤레스에서 베이징으로 오는 길 CA984 1A 좌석

검은 수염 닝한寧漢

그를 입에 올리기가 역겹다, 수염이 너무 검고 조밀하기 때문이다

물론, 진짜 이유는 이전에 그가 내 모자를 자기 발에 씌우고 자랑하고 다녔기 때문이다

내가 그를 이기지 못한 것은 그에게 간부 자제 패거리가 있기 때문이었다

그에 반해 나는 가난한 토굴에 살았고, 옷을 기워 입었다, 심지어 옷에 항상 콧물도 묻어 있었다

문화대혁명에서 우리의 주요 임무는 가난한 집 아이들을 상대로 싸움을 벌이는 것이었다

서로의 아버지를 공격하고, 암암리에 상대방의 집을 가택수색 하기도 했다

가두 행진을 하면서 우리는 각자의 깃발을 들고 길 양쪽에 나누어 섰다

우리는 혁명 구호를 누가 더 크게 외치나 서로 경쟁했다

문화대혁명위원회 설립 이후, 그의 부모님은 문화대혁명 진영에 합류했다

그의 아버지가 공안청 부청장이라 그는 곧바로 삽대되어 공안이 되지 않아도 됐다

하이난(海南) 타오진(淘金)에서 그는 반흑처(反黑處)* 처장이 되었지만 오히려 이로 인해 조촉의 길로 빠져들게 되었다

그는 사람들을 대신해 돈을 수금하고 사람들을 가택에 연금하기 위해 음모를 꾸미기도 했다

나중에 그는 고향으로 돌아와 이혼을 하고, 어느 여인을 대신하여 가사와 마당일을 하고 밥을 지었다

한 번은 동창들의 술자리에 쳐들어와 배부르게 먹고 마시고는 허풍을 떨어대기도 했다

어느 날 그가 갑자기 우리 회사 안내 데스크에서 인터폰으로 나를 찾았다, 내 초등학교 동창이라며 나를 만나고 싶다고 했다

나는 의지할 곳 없는 그가 운이 좋으면 몇 푼이라도 뜯어낼 수 있을 것 같아 찾아왔다는 것을 모르지 않았다

꺼지라고 해, 이 날건달 같은 놈, 문화대혁명의 해독은 아직도 사라지지 않고 있었다

▸ 2012년 11월 14일 01 : 14 / 로스앤젤레스에서 베이징으로 오는 길 CA984 1A 좌석

---

* 반흑처(反黑處) : 흑도 즉, 조직 폭력을 소탕하고 이에 대처하는 일을 전담하는 국가 행정조직.

경찰이 된 쑹창宋强

사실 나는 쑹창이 몹시 그립다, 중학 시절 나와 무척 사이가 좋았던 친구이기 때문이다

그는 경비구 병원 숙소에서 살았고, 부모님들도 너무나 다정하신 분들이었다

부모님들이 거친 아이들에게 고함을 칠 리는 없었지만, 그래도 그는 친구들을 집에 데려가지 못했다

물론 나는 그의 집에서 밥을 먹은 적이 없다

그는 가두 행진에도 참여한 적이 없고 대자보를 붙인 적도 없다

나와 함께 공개재판이나 총살 장면을 구경하러 간 적도 없다

하지만 그는 나를 표본실로 데리고 가서 인체 골격 표본을 보여주었다

그는 슬그머니 눈을 내리깔고서 내가 무서워하거나 몸을 떨지나 않는지 살폈다

한 번은 반혁명 분자를 총살한 다음 군의관이 시신을 가져간 적이 있었다, 주로 인피를 벗기는 훈련을 위해서였다

벗겨진 인피는 벽에 커다랗게 나붙었다, 도망가지 못하게 무수히 쇠못이 박혀 있었다

군의관들은 오장육부와 사지를 세숫대야에 담아 도랑 옆에 묻었다

쑹창은 그 장소를 알았고, 비밀리에 나를 여러 번 데리고 가서 보여 주었다

나는 들풀에 어떤 변화가 있는지 알아보지 못했다

때문에 나중에 반혁명 분자들이 복권되었을 때, 가족들이 찾아와 여러 곳을 파헤쳤지만 유해를 찾을 수 없었다

나도 감히 그 인피에 관해 입을 열 수 없었다, 사건에 휘말리고 싶지 않아서였다

쑹창은 삽대되었다가, 다시 경찰이 되어, 항상 수갑을 가지고 논다고 한다

모임에 일체 참여하지 않고, 나를 만나지도 않는 것은, 어쩌면 그 인피에 관해 물을까 두려워서일지 모른다

▸ 2012년 11월 14일 01 : 41 / 로스앤젤레스에서 베이징으로 오는 길 CA984 1A 좌석

장옌張言의 대머리

어린 시절, 장옌은 눈이 몹시 컸고, 입술이 붉어 어른들이나 여자아이들에게 인기가 많았다

외모에 자신이 없었던 나는 항상 그가 너무 여자 같아서 다 크면 장래가 어두울 거라고 놀렸다

문혁 기간에, 그는 안 좋은 일을 당하지도 않았고, 혁명적인 거동도 일체 없었다

그는 항상 조용했고 유순했다, 마당이나 대문 입구에 앉아 거리를 내다보거나, 가두 행진을 바라보거나, 사람들의 비판 투쟁을 바라보거나, 장례 행렬을 바라보는 것이 그의 일과였다

그를 본 사람들은, 어느 집 여자애인지 정말 착하다고 말했다

우리는 서로 왕래가 거의 없었고 어쩌다 한번 책을 바꿔본 것이 전부였다

그는 내게 말을 하지도 않았고 나도 그에 관해 나쁜 소문을 지어내지 않았다

그가 삽대되어 갔었는지는 모른다, 그것은 너무 고단한 세월이다

나는 지금까지도 "세상은 넓고 할 일은 많다"라는 말의 의미를 모른다

그는 운이 좋아 나중에 텔레비전 방송국 국장이 되었다, 거물이 된 것이다

나는 그를 한번 만난 적이 있다, 무척이나 냉정한 모습이었고 살이 찐 데다 대머리였다

마음속으로 큰 충격을 받는 나는 시를 빌어 사람들의 표리부동을 한탄했다, 무정한 세월이었다

우리는 둘 다 한 시대를 완농했었고 결국에는 시대에 버려졌다

나중에 그는 연이은 불행을 만났다, 권력을 가진 사람의 눈 밖에 나는 바람에 사직하고 상하이로 갔다

과거의 모습을 그대로 유지했다면 크게 출세했을 텐데, 유감이었다

나는, 밑바닥에서 살던 시절에 감사한다, 끊이지 않은 악운과 프롤레타리아 문화대혁명에 감사한다

▸ 2012년 11월 14일 02 : 13 / 로스앤젤레스에서 베이징으로 오는 길 CA984 1A 좌석

착한 양란楊蘭

처음에 봉변을 당한 사람들은 전부 주자파였다, 마오 주석께서 가장 먼저 그들을 타도하라고 명령했기 때문이다

그는 주자파가 살아 돌아다니는 한, 프롤레타리아 문화대혁명은 끝까지 진행해야 한다고 말했다

양란의 아버지 이름은 양이무(楊一木)였다, 닝샤의 고관이었던 그는 가택수색을 당하고 비판 투쟁의 대상이 되었다

양란은 학교에서 고개를 들고 다니지 못했고, 집 안에서의 생활도 무척 어려워졌다

조악한 단층 건물로 이사하긴 했지만 여전히 우리 같은 빈민보다는 부유했다

그녀는 여전히 상냥했고, 빈부귀천을 가리지 않았고, 친구들도 전부 그애와 잘 지냈다

한 번은 할 일이 없어, 책을 빌려 준다는 구실로 그녀의 집 문을 두드렸다

그곳에 살던 간부의 자제들 모두 화들짝 놀라면서 건달인 내가 들어오는 것을 막았다

양란의 난처해하는 모습에, 나는 집을 잘못 찾았다는 한마디를 던지고는 몸을 돌려 나왔다

나중에 나는 마음속으로 자신이 건달임을 인정했다

양란의 동생 양취안(楊全)은 항상 코피를 터뜨리며 싸움을 했다

그럴 때마다 내가 그애 편이 되어 양취안에게 상대를 몇 대 더 쥐어박게 했다

양란이 삽대되어 가자 나는 온갖 구실로 그녀를 찾아가 얘기를 나누려 했다

하지만 실속정책으로 인해 그녀의 아버지가 원래의 관직에 복귀하면서 우리는 서로 다른 하늘로 갈라서야 했다

지금 그녀는 은퇴하여 고향 인촨에 산다고 한다

언젠가는 그녀를 한번 만나고 싶다, 그때의 소박했던 아쉬움을 채우고 싶다

그애에게 말해 주고 싶다, 자세히 생각해 보니 나는 건달이 아니라 시인 뤄잉이었다고

▸ 2012년 11월 14일 02 : 49 / 로스앤젤레스에서 베이징으로 오는 길 CA984 1A 좌석

예쁜 양샤오팡^{楊小芳}

이름이 정확한지는 모르지만, 양샤오팡은 무척이나 똑똑하고 예쁜 아이였다

그녀의 아버지는 서기였고, 나다무(那達慕)* 대회에서 탑에 올라가 사진을 걸기도 했다

지금도 말할 수 없는 이유로, 나는 그녀의 아버지를 대신해 편지를 전달했다

사실, 나는 그녀가 크게 뜬 눈으로 좋은 책을 한 권 읽고 감탄하는 모습이 너무나 보기 좋았다

그래서 온갖 수단을 다 동원해 그녀를 위해 『안나 카레리나』를 구해 주었다

우리 어머니도 그녀를 보고서, "이 아가씨 정말 예쁘구나"라고 하셨다

나는 아버지를 따라 베이징에서 닝샤에 왔다가 다시 베이징으로 이주했다

그녀의 아버지는 문혁 기간 내내 수많은 대자보에 이름

---

* 나다무(那達慕) : 원래는 말타기와 씨름 등 체력을 겨루는 몽고족의 축제이나 1980년대 이후로 한족 사람들도 함께 즐기기 시작하여 물품 교역 등이 추가되면서 복합적인 축제로 환영받고 있다.

이 올랐다

그녀도 자기 아버지가 '옴 붙은 개'로 불렸다는 사실을 알 것이다

나는 그녀의 아버지가 여자를 밝혔고, 후안무치했지만, 줄곧 한 여자를 정말로 사랑했다는 것을 안다

닝샤의 귀부인으로 모르는 사람이 없는 여자였다, 하지만 그는 항상 지붕을 통해 그녀의 침실로 들어갔다

그때 양샤오팡은 틀림없이 자기 침대 위에서 안나를 읽으며 눈시울을 적시고 있었을 것이다

세월은 사람을 약하게 만든다, 특히 문혁 시기에는 누가 옳고 누가 그른지 알기 어려웠다

양샤오팡의 그다음 세월과 근황을 모르지만 그녀는 줄곧 내 마음 한구석에서 은은하게 반짝이고 있었다

어느 해인가 친척을 만나러 고향에 가는 길에 거리에서 그녀와 마주친 적이 있다, 그녀는 평안했고 나는 온갖 창상을 겪었다

애기를 나누고 싶었는지 그녀의 눈빛이 반짝거렸지만, 나는 이미 점잖고 담담한 사람이 되어 있었다

지금 생각해 보면, 자책과 후회, 약간의 괴로움을 떨칠 수 없다

▸ 2012년 11월 14일 03 : 17 / 로스앤젤레스에서 베이징으로 오는 길 CA984 1A 좌석

나샤納夏의 무슬림 장례

나와 나샤는 서로 다른 중학교에 다녔지만 대자보가 붙
은 벽 앞에서 우연히 만나게 되었다

그는 몸집이 아주 작았지만 붓글씨를 잘 썼고, 때문에
모두들 그의 대자보를 칭찬했다

어른들과의 변론에서도 나샤는 지당한 말만 해서 항상
상대를 부끄럽게 하거나 화나게 했다

그가 팔을 들어 올렸다, 어쩔 거야, 난 두렵지 않다고,
한번 해보자 이거지

삽대될 때, 그는 홍기를 받쳐 들고 류판(六盤) 산구까지
걸어서 갔다

그곳은 홍군이 지나갔던 곳이라, 닝샤의 모든 사람들이
이 일로 인해 놀라움을 금치 못했다

사실, 대부분의 시간을 그는 트럭에 탄 채 산구에 도착
했다

이때부터, 그는 영웅이 되었고, 공농병 시대에 아주 잘
나가는 인물이 되었다

내가 지식청년 모범 병사가 된 뒤에도, 그는 항상 내 앞
에 서서 발언했다

하지만 나는 그보다 더 강인했고, 평생 농촌에 뿌리내
릴 것을 맹세했다

나중에는 공농병 학생이었던 덕분에, 그보다 먼저 베이
징에 올 수 있었다

그는 모든 규정을 거쳐 대학에 들어갔고, 베이징에서
아이를 낳아 키웠다

그 역시 사업을 시작하여, 관직을 버리고, 회사를 세웠
지만 장사는 여의치 않았다

끊임없이 술을 마셨고, 한밤중에도 일어나 술을 마셔야
잠을 자고 꿈을 꿀 수 있었다

모친의 병환이 위중해지자, 그는 인환으로 돌아갔다가
간 부종으로 갑자기 세상을 떠났다

그는 한때 유명 인사였고, 명망이 있던 터라, 사람들은
그를 위해 무슬림 장례를 치러주었다

사람들은 사이에 의론이 분분했지만 도시의 아꿍(阿
訇)*들 가운데 절반이 장례에 참석했다, 가치 있는 죽음이
었다

▸ 2012년 11월 14일 03 : 51 / 로스앤젤레스에서 베이징으로 오는 길 CA984 1A 좌석

---

* 아꿍(阿訇) : 본래의 뜻은 교사인데, 이란어를 사용하는 회교도 가운데에서는
이슬람교 교사의 존칭으로, 중국에서는 보통 이슬람교 성직자의 칭호로 쓰인
다.

통풍이 걸린 리훙위李紅雨

리훙위도 닝샤 시절 간부의 자제였다

그는 삽대 기간이 아주 짧았고 어떻게 문화대혁명에 참여했는지도 알 수 없었다

수많은 닝샤 사람들이 그를 안다고 했지만, 나는 마음속으로 이 말에 순복할 수 없었다

그는 온화했고, 역사 이야기를 좋아했으며, 과거에 소총으로 2백 미터 거리에서 참새를 맞췄다는 얘기를 즐겨 했다

나는 화를 내면서 허풍이라고 단정했다, 그의 총 솜씨가 그렇게 신묘하지 않았기 때문이다

그는 시종 미소를 잃지 않았고, 변명도 하지 않았지만, 그 뒤로도 종종 허풍을 떨었다

어찌된 일인지 모르지만, 그는 문혁에 관한 많은 비밀을 알고 있었다, 누가 누구를 모함했는지 전부 알고 있었다

게다가, 청 왕조에 대해 특별히 관심이 많았다, 자신이 청 만주족 정황기(正黃旗) 기인이기 때문이다

그는 내 회사의 부이사장으로 있지만, 항상 일처리가

굼뜨다

　내가 벼락같이 화를 내도, 그는 모든 일을 잘 처리한다

　우리는 둘 다 양고기를 좋아하지만, 지금은 내가 더 자주 고향에 돌아간다

　요산이 지나치게 많은지, 그에게는 통풍으로 인한 금기가 많다

　문혁을 기억하면서, 우리는 그 수많았던 무장투쟁과, 그 시신들을 얘기하곤 한다

　그는 항상 당시에 자신이 대단히 용감했다고 말한다 체육관에서 시신의 몸에 난 총알 자국을 셀 정도였다고 한다

　어떤 시신은 눈을 떴다 감았다 하다가, 자신이 주문을 외우고서야 이런 움직임이 없었다고 했다

　그는 문화대혁명이 다시 일어날 수도 있다는 나의 의견에 동의했다

　물론 우리는 영원히 마오 주석의 홍위병이 되지는 않을 것이다

▸ 2012년 11월 14일 04 : 10 / 로스앤젤레스에서 베이징으로 오는 길 CA984 1A 좌석

선생님 투이링涂一答

선생님 투이링은 나의 중학교 담임선생님이자 수학 선생님이었다

당시 그녀는 무척 젊었고, 몽환적이었고, 키가 작았고, 걷는 모습이 춤을 추는 것 같았다

그녀는 항상 "황위핑, 등을 곧게 펴고 걸어" 하고 호통을 치곤했다

그녀는 나에 대한 비판 투쟁을 조직했지만, 계속 실행을 뒤로 미뤘다

그녀는 공학을 전공하고도 농사일을 했다, 말이 많았던 나를 향해 그녀는 시멘트로 입을 막아버려야 한다고 말했다

한 번은 교실에서 내가 한 녀석의 뺨을 때리자, 그녀는 나를 교실 밖으로 쫓아냈다

나의 장점은 수많은 책 친구들이 있다는 것이었다, 그녀도 항상 내게 명저들을 빌리곤 했다

그 시절에는, 일종의 지하행위였지만, 하늘도 알고 땅도 알고 그녀도 알고 나도 아는 일이었다

그녀는 나의 마음을 풀어 주었고, 내게 그리워할 수 있

는 세월을 만들어 주었다

삽대 후 많은 밤들을 잠 못 이룰 때, 나는 그녀에게 사랑이 담긴 장문의 편지를 썼다

이는 일종의 연모이자, 청춘의 성급한 행동이었다

그녀는 얼굴을 마주칠 때마다 항상 변함없이 환한 미소를 보여주었고, 나를 친근하게 대해 주었다

지금 그녀는 사람들에게 말하곤 한다, 그때 이미 내게 큰 인물이 될 싹수가 보였다고

이런 학생이 자신 때문에 남에게 지지 않으려 노력했다는 것이 자랑스럽기만 하다고

나는 그녀의 집이 항상 어둡고 눅눅했지만, 미련이 남았던 것을 기억한다

남학생들은 그녀에게 고통을 호소했고, 여학생들은 살그머니 다가가 누구랑 누가 그런 사이라고 귀띔했다

또 다른 문혁이었다, 또 다른 생존 시스템이었다

▸ 2012년 11월 14일 04 : 33 / 로스앤젤레스에서 베이징으로 오는 길 CA984 1A 좌석

시인 친커원秦克溫

　그는 우리 국어 선생님이었지만 수업을 할 때는 닝샤
방언밖에 하지 못했다

　그가 농민 봉기에 관한 시를 읽으면 입가에 침 거품이
일었다

　그는 문혁이 다가오고 있다는 것을 몰랐는지 항상 다양
한 형태의 시만 써댔다

　내가 열세 살 때, 그의 시가 ≪닝샤일보≫에 발표되었
다

　그러다 보니 그는 내가 또 비판 투쟁을 당하고 처벌을
받은 것에 대해서는 전혀 관심이 없었다

　그는 사무실에서 내 시를 고쳐 주기도 했다, 대단히 큰
일을 하는 것 같았다

　비림비공 운동 때는, 이맛살을 찌푸리며 내 시를 어떻
게 고쳐 줘야 할지 몰라 고심하기도 했다

　혁명의 시대라, 무릇 시는 강개와 격정으로 가득해야
했고, 하늘과 땅을 울릴 수 있어야 했다

　삽대된 뒤에는 ≪닝샤일보≫ 문예부에서 에디터로 일
하면서 나의 시 발표를 도와주었다

덕분에 나는 마지막 공농병 지도자로 ≪닝샤일보≫의 추천을 받아 베이징대학 중문과에 들어갈 수 있었다

어느 해인가 ≪광명일보≫에 교사들을 예찬하는 그의 연작시가 발표되어 닝샤 전역을 진동시켰다

그 시절 이는 변방 도시의 엄청난 경사였고, 모두가 이 일을 자랑스러워했다

지금도 항상 그에게 묻고 싶다, 대자보를 써보긴 했는지, 왜 비밀을 말하지 않았는지

왜 비판 투쟁에 참여하지도 않고 비판 투쟁을 당하지도 않았는지

이제는 좋은 날이 왔고, 나는 마침내 시인 뤄잉이 되어 그에게 시집을 보내 주었다

그는, 더 이상 신시를 쓰지 않고, 시사(詩詞)학회 회장이 되어, 고전시와 사(詞)를 쓰고 있다

틀림없이 그도 옛 생각을 할 것이다, 하지만 단언컨대 그는 문화대혁명을 그리워하지 않을 것이다

▸ 2012년 11월 14일 05 : 11 / 로스앤젤레스에서 베이징으로 오는 길 CA984 1A 좌석

'털 빠진 개' 돤중런段忠仁

문혁 기간에 '털 빠진 개'라는 칭호는 별것 아니었다, 지금도 수많은 사람들이 털 빠진 개의 모습을 하고 있다

돤중런은 어느 귀부인을 사모하여, 베이징에서 이 도시 변방으로 이주해 왔다

그는 평생 도시 전체에 문제를 일으키기 위해 사는 것 같았다

그는 대자보를 써서 자신을 '털 빠진 개'라고 부르는 모든 사람들을 공격했다

기자였던 그에게는 좋은 카메라와 양샤오팡(楊小芳)이라는 훌륭한 딸이 있었다

그 세월 속에서 그는 강인한 모습으로 살았다, 누구도 그를 건드리지 못했다

지금 생각해 보면, 정말 무뢰한 시대였고, 무뢰해야만 살 수 있는 시대였다

한 세대 사람들이 전부 무뢰한이 되어 서로 물로 뜯었으니, 공은 문혁에 돌려야 했다

돤중런의 대자보는 사흘이 지나야만 누군가 그 위에 다른 대자보를 덧붙일 수 있었다

조반파도 감히 그의 머리에 총을 겨누며 거친 말을 하지 못했다

그가 전날 밤에 어느 집을 찾아가 사람의 늑골을 부러뜨려 놓은 사실은 도시 전체가 알게 되었다

그 시대의 단층 대원(大院) 건물은 오랫동안 수리를 하지 않아 한밤중에 천정이 무고한 사람들의 구들 위로 무너져 내리곤 했다

그는 몸을 일으켜, 툭툭 흙먼지를 털고는, 몽유병자처럼 병원에 가서 봉합을 하고 통증을 가라앉혀야겠다고 말했다

한동안 벽에 그의 대자보가 보이지 않았고 도시의 수많은 사람들이 안도의 한숨을 쉬었다

나는 유명 인사가 된 뒤로 그를 꼭 한 번 만나고 싶었다, 중앙선전부 처장의 이름으로라도 좋았다

지금은 아무도 모른다, 그가 살아 있는지, 은퇴하여 노년을 보내고 있는지

어쩌면 이것이 황당한 세월을 마무리하는 가장 훌륭한 방법일 지도 모른다

▸ 2012년 11월 14일 05 : 26 / 로스앤젤레스에서 베이징으로 오는 길 CA984 1A 좌석

다정하고 상냥했던 화신허華新河

문혁이기 때문에, 당권파가 몰락하자 하는 수 없이 건 달들과 소통해야 했다

화신허에게 감사한다, 그는 고관의 아들이었지만 내게 아주 다정하고 상냥했다

그가 내게 샹창(香腸)* 몇 조각을 먹여 주었고, 그때부 터 나는 샹창도 고기라는 것을 알게 되었다

때문에, 그가 내 백과사전을 빌려가서 돌려주지 않았지 만 원망하지 않았다

그는 혁명의 직접적인 대상이었고 나보다 낮은 계층에 속했다

그가 가택수색을 당했을 때, 나는 건물 이 층에서 아래 층의 홍위병들을 향해 탄궁을 쏘아댔다

그의 부친이 감옥에 갔지만, 그는 한 번도 이 일을 입에 올리지 않았다

그가 부친의 비판 투쟁에 함께 압송되어 갔었는지는 잘 기억나지 않는다

---

* 샹창(香腸) : 파나 마늘을 곁들여 먹는 중국식 소시지.

문혁이 끝나고, 그의 부친은 후야오방(胡耀邦)과 함께 복권되어 베이징으로 돌아와 간부가 되었다

그를 베이징에서 만난 적이 있었다, 그는 술이 세 순배 돌고 나서야 나를 알아보았다

그는 이미 은퇴했고, 큰일이 있을 때마다 술을 마신다고 했다

그는 술이 얼큰해지자 내 얼굴을 만지면서 "샤오황, 정말 잘했어"라고 말했다

사실 '쌍반(雙反)' 때, 그의 부친은 이미 정치인이었고, 때문에 적지 않은 사람을 죽였다는 것을 모르지 않았다

유행하는 표현으로 하자면 우리 아버지의 억울함은 그에게 풀어야 했다

하지만 나는 그래도 화신허가 좋았다, 그 시대에는, 누구도 자기 마음대로 움직일 수 없었기 때문이다

우리는 모두 피해자이자, 박해자라, 공평을 말할 수 없었다

물론, 나는 이런 시대의 발생을 저주한다, 이런 시대가 다시 오는 것도 저주한다

▸ 2012년 11월 14일 05 : 56 / 로스앤젤레스에서 베이징으로 오는 길 CA984 1A 좌석

제4부

우리는 모두
홍위병이다

베이징대학의 공농병 학생

77학번으로 입학할 당시, 공농병 대학생의 마지막 세대였던 우리는 자유롭지 못했다

등굣길에 노동자들은 수레를 끌면서 그들이 깔려 죽는다고 말했다, 그들은 공농병 대학생들이었다

우리가 수업을 하고 있을 때, 신문에서는 우리를 '건너뛴 세대' 혹은 '쓸모없는 세대'라고 불렀다

그랬다, 이 사회에는 문혁이 계속되고 있었다, 모든 사람들이 여전히 짙은 투쟁 정서를 지니고 있었다

우리에겐 내부투쟁이 필요했다, 사회에서 치고 박고 싸워야 했고, 학우들 내부에서도 패거리를 짓는 것이 필요했다

베이징파와 외지파, 군대파, 지방파, 도시파, 농촌파 등이 서로에게 지지 않으려 발버둥쳤다

무장투쟁은 금세 끝이 날 것이라고 생각했다, 하지만 모든 사람들의 야성은 이제 막 생겨난 것이라 철저하게 털어낼 수 없었다

중국은 지금까지 폭도의 전통이 부족했던 적이 없었다, 타인은 줄곧 모든 타인의 지옥이었다

이량빙(伊良兵)은 공농병 대학생이었지만, 학교에 남아 중국어과 학과장이 되었다, 들리는 바에 의하면 그가 사인방과 관련이 있다고 했다, 비판 투쟁이 필요했다

구호를 외치는 것은 내 담당이었다, "이량빙은 죄를 인정하라"

비판 투쟁 집회는 우리를 몹시 흥분시켰다, 기분이 편안해졌다, 이것이 바로 문혁의 유전자였다

사실 우리는 모두 유죄였다, 문혁의 우수 분자였던 덕분에 공농병 대학생으로 추천을 받았기 때문이다

수많은 학우들이 부모의 복권으로 원래의 직업을 회복했다, 덕분에 특권이 있으면 뒷문으로 베이징대학에 들어올 수 있었다

주자파들도 갈 수 있었다, 하지만 문혁은 끝났다, 공농병들은 한바탕 헛된 꿈을 꾸었다

시대와 사회와 국가에 의해 버려진 기아의 신분으로 우리는 혁명에 승리하고도 또 한 차례 유기당했다

어떤 사람은 원망했고, 어떤 사람은 후회했으며, 어떤 사람은 분노했다, 모든 사람들이 주먹을 꼭 쥐었다

그랬다, 우리 모두 홍위병이었다, 또 한차례의 무산계급 문하대혁명이 오는 것도 두렵지 않았다

▸ 2012년 11월 14일 18 : 19 / 베이징 쿤룬호텔 계곡 낚시장

돤레이段磊의 죽음

네이멍구 씨름 부대에서 온 돤레이는 글솜씨가 좋았다, 그가 쓴 소설은 사람들의 마음을 사로잡았다

그는 자주 병 채로 술을 마시면서, 벽에 기대서 자신의 여자 친구가 다른 남자와 사교댄스를 추는 모습을 바라보곤 했다

우리는 둘 다 서북 지방 출신으로 취향이 서로 잘 맞았고, 거칠지만 항상 의리가 있었다

우리는 둘 다 문공무위(文攻武衛)의 무술 동작에 익숙했고, 마음속으로 누구에게든지 의심을 품었다

학생 식당에서 배식을 할 때면 77, 78학번 남학생과 여학생들은 자주 새치기를 했다

모두들 공농병 대학생들을 다른 학생들보다 열등하게 여겼다, 일찌감치 베이징대학 교문 밖으로 꺼져야 한다고 여겼다

나는 사람들을 끌어내는 일을 맡았고 돤레이는 사람들을 땅바닥에 때려눕히는 일을 맡았다

문혁이 우리를 일찌감치 늑대로 만들었는데, 어떻게 쉽사리 그 본성을 고칠 수 있겠는가

베이징대학 학우들은 비밀리에 학과장을 파면시킬 음모를 꾸몄다, 그녀는 간부 자제들을 좋아하지 않았다

나와 돤레이는 기숙사 문을 발로 걷어차 부수고, 그들의 조상 십팔 대를 욕했다

나는 이것이 5·4운동의 전통인지 아닌지 알 수 없었다, 나의 민족은 백 년 동안 줄곧 모든 것을 너덜너덜하게 부수면서 걸어왔기 때문이다

이것이 신문화 운동인지 아닌지도 알 수 없었다, 나의 민족은 백 년 전에 이미 공자를 때려눕혔기 때문이다

당시, 웨이밍호의 물은 맑고 투명했지만, 우리의 몸에는 항상 강냉이 죽이 여기저기 묻어 있었다

당시, 문혁은 끝나가고 있었다, 최후의 공농병 대학생 무리가 졸업을 하고 학교를 떠났기 때문이다

돤레이는 네이멍구로 돌아가 방송국에서 일했다, 성격은 거칠고 급했고 마음은 괴롭고 답답했다

어느 해 설에 나는 그를 찾아가 술을 마시면서 함께 옛일을 한탄했다, 우리는 스탈린에 대해 얘기했고 루쉰에 대해 떠들었다

밤이 깊어졌다, 돤레이는 죽었다, 알고 보니 신장이 약했던 그는 술을 마시면 안 된다는 사실을 말하지 않았다

▸ 2012년 11월 15일 03 : 03 / 베이징 창허완

26동

26동은 유학생 남학생 기숙사였고, 25동은 유학생 여자 기숙사였다, 듣기로는 이제 철거된다고 한다

당시 지도생으로 불리던 나는 아이슬란드 학생인 시웰리와 같은 기숙사를 썼다

덕분에 늦잠을 잘 수 있었지만, 항상 어느 나라 어떤 사람에게 문제가 있는지 없는지 묻는 질의에 시달렸다

나는 문혁이 이제 곧 끝날 것이라고 생각했다, 하지만 적에 대한 우리의 경계심은 여전히 심각했다

팔레스타인 학생들이 매우 많았다, 그들은 항상 말썽을 일으켰다, 주로 여자를 사귀려고 이리저리 돌아다녔다

당시는 개혁 개방이 막 시작되던 때였다, 중국 여자들은 어느 나라 사람이든 외국 남자들을 선호했다

한 번은 유학생을 도와 팔레스타인 동급생인 후세인의 방에 여학생 하나를 넣어 주었다

날이 밝자 공안이 와서 그녀를 데리고 갔다, 나중에 아주 오랜 기간 징역형을 받게 되었다는 얘기를 들었다

또 어떤 여학생은 항상 후세인의 침대에 앉아서 그를 위해 침대보를 꿰매곤 했다

그녀는 눈을 비스듬히 뜨고 나를 흘겨보면서 나 같은 중국 토박이는 거들떠볼 가치도 없다는 듯이 재빨리 내쫓았다

알바니아의 학생들은 종종 태환권을 바꿔 홍콩에서 구입한 옷들을 들여왔다

북한 학생들은 늘 김일성 휘장을 달고 다녔다, 신비하고 헤아릴 수 없는 정경이었다

흑인 학생들은 영원히 홍콩에서 소니 녹음기를 가져다 좋은 값에 팔 수 있는 방법을 갖고 있었다

시웰리는 어땠느냐고? 항상 수많은 금발 소녀들이 찾아오는 바람에 내가 문밖에 나가 있어야 했다

유학생의 모든 것들이 우리의 눈을 피해가지 못했다, 나는 적에 대한 투쟁의 복잡성을 깊이 이해하고 있었다

우리는 자신을 방어하고, 외국인을 방어하고, 친구를 방어하고, 적을 방어하고, 과거를 방어하고, 현재를 방어하고, 또한 미래를 방어했다

우리는 완장과 휘장을 차고 소련의 수정주의에 반대하고, 미국 제국주의와 투쟁하여, 방금 사인방을 깡그리 해치웠다

▶ 2012년 11월 15일 03 : 32 / 베이징 창허완

댜오위타이釣魚臺 15호 건물

댜오위타이는 왕홍원(王洪文)*이 까마귀를 때려잡던 곳이었다, 까마귀는 확실히 너무 많았다, 해질 무렵이면 온 하늘을 가렸다

장칭은 뭘 했을까? 줄곧 15호 동의 커튼 뒤에 숨어서 문화대혁명의 미래에 대해 생각하거나 산책을 했다

중앙선전부에 출근한 후부터 나는 15호 동에서 간부 관련 공문서들을 뒤적거리며 소환령을 내렸다

주로 낙실정책**에 따라 간부학교에서 하방됐던 동지들에게 다시 기관으로 돌아와 당을 위해 일하게 하는 것이었다

사람들이 많아지자 까마귀들은 불안한 듯 시끄럽게 하루 종일 큰 소리로 울어댔고, 사람들의 머리 위로 똥을 싸고 오줌을 갈겼다

사람들이 많아지자 사상 문제와 노선 투쟁, 문혁의 은혜와 원한이 중요한 기준이 되었다

---

* 왕홍원(王洪文) : 장칭(江青), 장춘챠오(張春橋), 야오원위안(姚文元) 등과 함께 문혁의 주범으로 간주되는 이른바 사인방이다.
** 낙실정책(落實政策) : 과거의 잘못된 결론을 바로잡아 재평가하는 것.

리쥐엔(李泉)은 문혁 기간에 가장 먼저 조반을 일으켰다 그는 루딩이(陸定一)를 비판했고 저우양(周揚)을 공격했으며 후야오방(胡耀邦)에게 반기를 들었다

이제 와서 그는 모든 것을 부인하면서 자신은 그저 박해를 받았을 뿐이라고 말한다, 게다가 살그머니 류저(劉哲)가 쟝칭의 글쓰기 지원 패거리와 매우 가까웠다고 말했다

예메이(葉梅)는 쟝칭에서 편지를 썼다, 모범극을 찬양하고 무산계급의 문화 신세계를 창조하자는 내용이었지만 지금은 절대로 시인하지 않고 있다

왕민(王敏)과 그녀는 문혁의 서로 다른 파벌이었다, 때문에 조직에 문혁 시기 그녀의 악행을 고발하는 편지를 썼다

문예국장 차이잉(蔡英)에 관해 누군가 그가 업무에 복귀한 것은 예술이 생활에 기인한다는 명제를 부정하는 것이라고 고발했다

친저우(秦舟)는 무산계급 독재정치를 화제로 꺼내지 않을 수 없느냐고 물었다, 이는 마르크스 레닌주의의 가장 찬란한 이론이었다

물론 모든 사람들이 사인방을 증오했다, 마침내 사람들은 한시름 놓게 되었다

물론 모든 사람들이 자신을 문혁의 피해자라고 말했다, 사인방의 머리 위에서 주판을 굴려야 하는 시대가 되었다

하지만 나는 모든 사람들의 공문서를 확인했다, 모두가 계속 투쟁하면서 투쟁에 의해 조종되고 있었다는 사실을 알게 되었다

모두가 고발 편지를 써서 충성을 표시했었다, 영혼 깊은 곳에서 혁명이 일어나고 있었다

나는 댜오위타이 15호 동 건물에서 근무했다, 물론 우리는 더 이상 붉은 완장을 차지 않았고 마오 주석의 어록을 손에 들고 다니지도 않았다

▶ 2012년 11월 15일 04 : 17 / 베이징 창허완

정신 오염 청소 운동

늙은 저우양은 정풍운동과 극좌 노선을 걸었던 것, 문혁을 전개한 것을 후회하면서 모든 것의 정상 회복과 사람들의 복권을 지지한다고 말했다

그는 '옌안문예강화'에 대해서도 새로운 열독과 인식이 있어야 한다고 말했다

그는 또 인간의 소외에 관해 언급하여 큰 풍파를 일으켰다, 누군가 정신 오염을 제거해야 한다고 선포했다

다시 한 번 대규모 비판 투쟁이 시작되었고 모두들 쟁점이 되는 곳에서 기세를 늦추지 않고 강령과 노선을 제시했다

사람들마다 역사의 시기를 장악하여 입장을 분류했지만, 사실은 너 죽고 나 살자 식이라 서로의 양립이 불가능했다

리훙린(李洪林)은 자아 검토를 해야 했고 다이저우(戴舟)는 일어서서 고함을 질렀다, 혁명은 결코 온화하고 공손하게 양보하는 것이 아니었다

리푸(理夫)는 하이난도(海南島)에서 자살했다, 마르크스레닌주의와 마오쩌둥 사상의 반역자로 알려졌기 때문이다

모두들 대자보를 붙일 수 없었지만 사람들마다 붓을 들고 급히 글을 썼다 노선 투쟁의 과정에 절대로 후퇴는 없었다

저마다 자신이 가장 혁명적이고, 가장 사심이 없다고 말했다 조반파가 시종 자신들의 정확성을 주장하는 것 같았다

모두들 더 이상 정치운동이 있어선 안 된다는 점에는 동의했지만 사상노선은 명해야만 했다

모두들 한 식당에서 반찬을 사서 밥을 먹었고, 각자의 사무실 책상에 앉아 붓을 들고 분발했다

구상(顧襄)은 소외에 대한 글을 썼기 때문에, 고개를 들 수 없었고, 복도를 걸을 때도 고개를 숙이고 걸었다

비판하는 사람들은 고개를 높이 들고 지나다녔다, 홍위병들 같았다, 우르르 몰려다니며 그를 비행기에 태웠다

저우양은 어딜 가든지 잘못을 진정하고 사과했지만 사람들은 이를 정치 쇼라고 말했다

그가 사람들을 지나치게 혼냈던 것을 기억한 사람들은 글을 써서 공격했다, 골수에 사무치는 원한은 씻을 수가 없었다

문혁이 끝나고, 그는 정신을 차렸고, 사람들은 자유로워졌지만 역사의 부채는 반드시 청산해야 했다

물론 한 가지 운동으로 또 다른 운동을 청산하고, 비판

으로 또 다른 비판을 대신하는 것이었다

▸ 2012년 11월 15일 05 : 03 / 베이징 창허완

저우이周毅의 천식

저우이는 중앙선전부의 노인이다, 문혁 기간 중에 하방된 곳은 거의 장서 농촌과 같은 곳이었다

그의 온 집안이 이사를 갈 때 아무도 전송하지 않았었다, 그가 너무 많은 사람을 모함했었기 때문이었다

낙실정책으로 그가 돌아왔다, 예전처럼 아무도 그를 환영하러 나오는 사람이 없었다

그는 관공서의 주임이 되었다, 뚱뚱해지고 검게 탔으며, 목청마저 굵고 커져, 철면피를 한 개꼴이었다

그는 사람들을 박해했었다, 이 때문에 박해를 당했지만 이 때문에 박해자가 더 많이 생겼다

그는 나를 향해 큰 소리로 고함을 쳤다, 나는 그가 실제로 사람들을 향해 그가 다시 돌아와 권력을 장악하고 있다고 선포하는 것이라는 것을 안다

그는 문화대혁명이 그를 비참하게 만들었다고 말했다, 그는 누가 자신의 대자보를 썼는지 기억하고 있었다

역사의 장부는 반드시 계산을 해야만 한다, 이 말투는 반드시 내뱉어야만 한다, 말투가 확고했다

하지만 사람들은 모두 문혁의 사람들이었다, 모두들 등

뒤에서 그의 언론을 수집하고 있었다

예컨대, 언제 무엇에 대한 관점이 불만족스러웠다거나, 부장의 기사에 대해 함부로 대한 것 등이다

예컨대, 그의 생활 중 신중하지 않았던 처신과 행정처 여자 아이더러 그의 사무실에서 옷을 벗고 샤워를 하라고 했던 것 등이다

불쌍한 저우이는 늙어서 조급한 맘에 보복에만 급급해 하느라 뒤에서 모함하는 것을 막기 어렵다는 사실을 잊어 버렸다

결국 그는 부부장에 오르지 못했다 낙심한 채 이직 휴 양을 할 때에는 아무도 그와 악수를 하지 않았다

그는 우리 집 아래층에 살았다, 매일매일 마당에 앉아 서 고양이나 개를 쳐다보면서 햇볕을 쬐었다

어떤 여자아이가 다가오자 그는 그 아이의 가슴을 뚫어 져라 쳐다봤다, 다른 사람의 눈은 개의치 않았다

나는 장사에 뛰어들었고 부자가 되었으며 차도 생겨 몰 고 다녔다, 그는 나를 보자 바닥에 가래침을 뱉었다

훗날 그가 죽었다, 나는 그가 문혁으로 인해 평생을 다 른 사람을 증오한 탓이라고 생각했다

▶ 2012년 11월 15일 05 : 23 / 베이징 칭화안

해진 신발 샤준베이夏遵蓓

  그녀는 기관의 당위원회 서기였다, 안색이 침울한 것이 꼭 사람을 괴롭히기 위해 사는 사람처럼 보였다

  실제로 문혁 기간 동안 그녀는 목에 한 켤레의 해진 신발을 건 채로 조리돌림을 당했다

  조반파는 그녀에게 비행기 고문을 가하면서 그녀가 몸을 주었던 남자가 자본주의 노선을 걷고 있다고 비판했다

  그녀는 과거 이야기가 나오자마자 눈빛이 표독스러워지면서 주먹을 불끈 쥐고 두 손을 부들부들 떨었다

  그녀의 눈 안에 있는 젊은이들은 모두 조반파였던 까닭에 그녀의 말투는 얼음 같이 찼다

  그녀의 동년배들은 이미 비밀 자료를 수집해 놓고 있었기 때문에 그녀와 절대로 친해질 수가 없었다

  그녀가 가장 싫어하는 사람이 나였다, 내가 수시로 그녀를 경멸하며 무례함을 표출했기 때문이다

  나는, 이로 인해 악의를 품고서 귀엣말을 하면서 소규모 회의를 열어 그녀의 악한 성정과 행위를 널리 퍼뜨렸다

  문혁은 나이가 어린 나도 강철 전사로 단련시켜 사람들

과의 투쟁에 익숙하게 해 주었다

문혁은 그녀에게 상전벽해를 경험하게 했고 가슴에 원한을 품게 했으며, 사람을 괴롭히고 방어하는 데 열을 올리게 만들었다

그녀는 비꼬는 말로 나의 약점을 들추면서 내가 발탁되어 중용되는 것을 막았다

나는 그녀의 반대편을 지지하면서 그녀의 정치 태도를 비판하면서 그녀가 자주 어떤 사무실을 드나든다고 말했다

그녀는 나를 견뎌내지 못했다, 이직과 휴양으로 노 간부를 더 이상 볼 수 없었다

들리는 바에 의하면 그녀는 병이 깊어 응급조치 되었다고 한다, 나는 기뻐서 어쩔 줄 몰라 하며 공개적으로 그녀가 빨리 죽기를 주원했다

나를 따르는 자는 살고 나를 거스르는 자는 죽는다, 이것은 문화대혁명의 투쟁 법칙이었다

사람이 자기 스스로를 위하지 않으면 하늘과 염라대왕이 그를 멸망시킨다, 이것이 문화대혁명의 절대 진리였다

따라서 나는 모든 사람이 황누보(黃怒波)이고 샤쥰베이라는 데 동의한다

▶ 2012년 11월 17일 08 : 43 /
'카이장라' TV프로 녹화를 위해 상하이로 가는 길 CA1501 11A 좌석

거레이葛蕾의 여성 기질

거레이는 나의 직속 부국장이다, 모두들 그녀를 피해 다녔다, 그녀의 드센 기질이 매우 심각했기 때문이었다

문혁 때 그녀는 조반파였다, 그녀의 기묘함은 매 순간 두려움 없이 적과 마주하고 설 수 있다는 데 있었다

그녀는 지금까지 어느 누구도 신임한 적이 없었다, 사람들도 그녀를 신임하지 않았다, 사람들이 그녀를 한 번도 신임하지 않은 까닭에 그녀도 모든 사람들을 경계했다

예컨대, 그녀는 몰래 부장의 책상이나 비서의 서랍을 뒤져 비밀을 찾아낼 수 있었다

문혁 조사 소조도 어쩔 수 없이 그녀가 관문을 넘게 했고, 외부선전 비용을 관리하게 했다

그녀가 거짓으로 웃을 때면 그녀가 어떤 혁명 운동을 진행하고 있음을 알아야 했다

어쩌면 그녀가 누군가에게 암시를 던질 수도 있었다, 어느 선에 있는 사람일 가능성이 아주 컸다

그녀는 한 번도 다른 부국장과의 남녀 관계를 인정한 적이 없었다, 하지만 그녀는 어떤 부국장과 짝이 되었다

누군가 그녀가 문혁 기간에 자신의 남편을 비판한 적이

있다고 했다, 때문에 서로 낯선 사람인 척했다

그녀는 부장의 사무실을 찾아가 대성통곡을 했다, 놀란 영감은 무조건 고개를 끄덕여 주었다

물론 그녀는 외부 선전 경비로 지도자 가족을 위한 선물을 주문하고 행사를 마련할 수 있었다

그녀는 돈과 권력을 쥐고 있었고, 그녀의 아들은 가장 먼저 해외 유학생이 되었다

조직 생활에 관한 회의에서 그녀는 청년들이 출국에 연연하면서 편안한 마음으로 일하지 못한다고 비난했다

문혁은 우리 모두를 두 얼굴을 가진 인간으로 만들었다, 우리는 모두 문혁의 피해자이자 수혜자였다

우리의 게임 법칙은 두 가지 말을 하고 두 가지 역할을 하면서 양면의 이익을 추구하는 것이었다

아마 거레이는 지금도 살아 있을 것이다, 문화대혁명을 거쳤기 때문이다

▸ 2012년 11월 15일 05 : 45 / 베이징 창허완

중선부의 모 좀도둑 처장

군대 악단 상관의 집에 도둑이 들었다, 현금과 손목시계가 없어졌다고 한다

내가 그 이웃집에 놀러 간 적이 있다는 이유로 그들은 나를 혐의자로 신고했다

내가 중앙선전부의 부처장인데도 부의 지도자들과 공안은 여전히 나를 중죄인 취급했다

문혁을 겪은 사람들 모두 극도로 남을 의심하는 것 같았다, 조직에서도 사람들을 함부로 믿을 수 없었다

총선(叢申)은 내 부하였다, 그는 남몰래 뒤에서 못된 짓을 꾸미고 서류철을 뒤져 내 지문을 채취하도록 도왔다

원로 처장 우징(吳京)의 당황한 눈빛이 수시로 나를 주시했지만, 나도 수시로 회피하면서 마주치지 않았다

파출소에서 차로 증인들을 데려왔다, 모두들 어두운 곳에 숨어 나를 가리키면서 범죄를 확인해 주었다

모두가 고개를 끄덕이며 말했다, 내가 오토바이를 타고 와서 날쌘 동작으로 담을 넘는 것을 보았다고

나를 속여 파출소로 데려간 그들이 지문을 찍고 엄숙한 태도로 심문을 할 때, 나는 컵을 집어 공안들의 머리를 내

리찍고 싶었다

나는 몹시 흥분했다, 민병 대대장이으로 지주와 부농, 반혁명 분자, 악질분자, 부르주아 우파들를 체포하던 중앙선전부 초급 간부인 내가 이제 좀도둑이 된 것이다

나는 몹시 상심했다, 그날 중앙선전부에서 회의를 하고 있었던 행적이 분명한데도, 이를 확인하여 증거를 찾으려 하는 사람은 아무도 없었다

국가에서 수시로 재난을 당하고도 억울함을 호소할 방법이 없다는 것이 문혁의 절대적인 특징이었다

진상이 백일하에 드러나자 나는 조반파의 정신을 발휘하여 파출소를 찾아가 난동을 부렸다, 유리창을 깨고 문을 발로 걷어찼다

밤새 군대 악단 지도자 집 마당에서 그의 부모를 욕하면서 저급한 사람들로 만들어 버렸다

출근해서도 모든 사람에게 목이 쉬도록 악담을 퍼부으면서 얼굴을 마주 보며 빈정댔다

사무실이 얼음 창고 같았다, 이때부터 모든 사람들의 얼굴에 표정이 사라졌고 걸음을 걸을 때도 몹시 조심했다

우리는 문혁의 국가였고, 문혁의 인민이었다, 때문에 어떤 이유로도 서로를 믿을 수 없었다

▸ 2012년 11월 17일 08 : 11 / 베이징공항 제3터미널 L01 게이트

출판사의 주빙朱兵

　벌써 90년대가 되었다, 주빙은 여전히 홍위병의 풍격을
지닌 채 대담하게 싸우고 대담하게 돌진했다

　그는 선두에 서서 책 번호를 읽었다, 완고한 보수 집단
무리는 죽자고 매달리는 데 능했다

　그는 미녀를 파견해 사장에게 물을 묻힐 수 있었다, 나
중에는 그들에게 책 번호를 사인하라고 핍박했다

　게다가 한밤중에 벽을 기어오를 수도 있었고, 상급 지
도자에게 사장의 비밀 자료를 보고할 수도 있었다

　그는 홍위병의 지도자를 맡는 것을 회피할 수 없었다,
통쾌한 나날을 보내고 있었기 때문이었다

　지금은 개혁 개방이 되었다 그는 충분히 살 수 있었고,
고기가 물을 만난 것 같았다

　나는 부사장을 지냈다, 한 권의 정경(正經)이 청렴하고
결백하게 좋은 책으로 나왔고 정치적 업적을 나타냈다

　그는 1년 내로 나를 내쫓아 다른 사람의 축재 수단이
되지 못하게 하겠다고 장담했다

　그는 문혁 기간 동안 우리가 생명의 위험을 무릅쓰고
청춘을 낭비하며 미련하게 보냈었다고 말했다

이제 와서 당신들은 우리를 잘 살게 만들지 마라, 당신도 편안하게 살 생각을 마라

 그들은 나도 홍소병 출신이며, 룸펜 프롤레타리아의 생존 수단을 알고 있다는 것을 잊고 있었다

 밤중에 나는 그들을 조직의 이름으로 모두 제명하고 급여를 끊었다

 그들은 바닥에 썼다, 황누보를 때려눕히자, 주관 부문으로 가서 이르자

 그들은 군중을 동원해서 나를 창기와 놀며, 횡령을 하는 데다 천시통(陳希同)*과 연관이 있다고 말했다

 그들이 도처에서 고발 편지를 우편으로 발송했을 때, 나는 조직의 결정 형식으로 대항했다

 나는 주동적으로 지도자에게 자기비판을 하면서 처리가 과격하며, 다음번에는 조심하겠다고 말했다

 용감한 자가 승리했다, 주빙은 나에게 쟈오즈(餃子)를 대접하면서 자신이 진 것을 인정하고 떠나갔다

▶ 2012년 11월 15일 06 : 07 / 베이징 창허완

---

* 천시통(陳希同) : 당시 베이징 시 시장으로 나중에 부패 혐의로 숙청되었다.

류촨싱劉全興의 전투

늙은 위병 류촨싱은 출판사에 자신의 진지를 구축했다

그는 한 번도 남을 화나게 한 적이 없지만 자신이 발행하는 책의 정가를 물어보는 것을 허락하지 않았다

문혁이 그에게 얼마나 큰 상흔을 남겼는지, 그는 항상 우울하고 무표정한 얼굴로 조반은 정말 힘이 없다고 말했다

그는 불법으로 돈을 벌어 술을 마시고는 문혁의 탓으로 돌렸다

그는 문혁 기간에 중앙 간부의 가택을 수색했음을 인정했고 톈안문에서 마오쩌둥을 만났다고 말했다

적에게 맞아 머리가 깨진 적도 있는 그는 핏자국이 묻은 군모와 완장을 아직도 간직하고 있다고 했다

그는 평안무사하게 살아야 한다면서 나를 잘 살게 해줄테니 평화를 깨지 말라고 말했다

서로 간섭하지 말고 자신은 책의 정가로 돈을 챙길 테니 나는 사장 일이나 잘하라는 것이었다

나는 그에게 도둑 기질이 충분하고 허풍이 심하다며 비웃었다, 자신이 삽대되었을 때 걸핏하면 붉은 담장을 넘었

고* 투쟁 정서가 너무 강했던 것을 잊었다

나는 그의 직위를 해제시키고 서고를 감사한 다음 그의 개인 금고를 열 것을 명했다

늙은 위병 류촨싱은 다시 전장으로 돌아가 상방(上訪)** 을 조직하고 공작조의 진주를 요구했다

그는 나를 똥 무더기 위에서 갈갈이 찢어 죽이겠다고 고함쳤다

공작조는 내게 어떻게 ISBN을 팔아 돈을 챙겼는지 실토할 것을 요구했다

영도 간부로서 왜 남을 그렇게 심하게 욕하느냐고 비판하기도 했다

투지에 불탄 나는, 침착하게 응전했다, 허허실실, 다시 홍소병이 되었다

공작조가 철수한 첫날, 나는 류촨싱에게 마당을 쓸게 했다

나중에 그는 술을 너무 많이 먹어 간암으로 죽었다, 죽기 전에 사실은 황누보가 괜찮은 친구였다고 말했다

▸ 2012년 11월 15일 06 : 27 / 베이징 창허완

---

* 붉은 담장을 넘다 : 부잣집에 도둑질하러 들어가는 것을 말함.
** 상방(上訪) : 지방 농민이나 민간인들이 중앙의 국가기관에 민원을 위해 단체로 찾아가는 일.

늙은 요우탸오 우스민吳是民

늙은 요우타오에게 대응하는 일은 만만치 않아, 나는 그를 사구위원회(社區委員會)에 가입시켰다

나는 그가 조반파 우두머리라 조사 소조가 그를 시안(西安) 해방군외국어대학으로 보냈다는 것을 모르지 않는다

그는 매일 느린 걸음으로 아주 일찍 왔다가 아주 늦게 돌아갔지만 무엇을 하는지는 알 수 없다

그는 하루에 3백만 자의 원고를 써내지만 착오율이 무서울 정도로 높았다

그는 히틀러 평전을 내고 싶어 한다, 돈도 벌고 출판사의 이름도 높아질 것이라면서

그는 나의 언행을 전부 기록하고 나와 관련된 모든 서류를 복사한다

내 기사도 나를 감시하여 그에게 보고한다, 내가 누구를 만났고 누구를 욕했는지

누구에게 무얼 부탁했는지, 누구의 자리를 옮기고 어떤 팀을 조정했는지 일일이 보고했다

그는 문 입구에 서서 욕먹은 사람을 위로하며 내가 거칠다고, 사람을 존중할 줄 모른다고 말한다

지금 생각해 보면, 그는 나와 충돌하여 솥 밑의 장작을 꺼내게 되리라는 것을 일찌감치 예견하고 있었던 것 같다

내가 그를 청산하려 하자, 그는 당원의 이름으로 끝까지 당안을 옮기려 하지 않았다

나는 사무실에 엄명을 내려 당안을 그의 주소지 가도(街道)*로 보내게 하자, 이상하게도 그는 그림자도 없이 사라졌다

이때부터 그는 일자리를 찾지 못했다, 어딜 가나 소란을 야기했기 때문이다

간부 부문에서는 보고서를 작성하여 내가 조직의 규정에 맞지 않게 인사를 처리했다고 결론지었다

사실, 이는 문혁 전사의 전투 방식에 지나지 않았다, 누구도 두려워하지 않는 것이다

내가 지불한 대가는 조직의 처분을 받는 것이었지만, 그가 지불한 대가는 평생을 일 없이 떠돌아다니는 것이었다

결산하자면, 홍소병은 몸은 작지만 대담했고, 늙은 요우탸오는 발굽을 읽은 말이 되었다

▸ 2012년 11월 15일 06 : 43 / 베이징 창허완

---

* 가도(街道) : 우리의 동사무소와 유사한 행정기구.

새 사장 왕리 王理

  너무나 계략이 많았던 나는, 혹시 자신이 나쁜 사람이 아닐까 의심했었다

  새로 사장이 부임했을 때, 나는 자신이 완전히 물러서지 않으려면 투쟁이 필요하다는 것을 알았다

  그는 건설부 부장 자리를 지키기 어려웠고, 출판사로 보내졌다

  당연히 부장은 나를 귀찮게 했다, 나는 항상 고발의 대상이었기 때문이다

  부위원장은 고발 서한을 전하고, 이게 어떤 인물인지 조사했다

  부장은 왕리에게 내 자리를 대신하게 하여, 나라는 물이 얼마나 깊은지 시험했다

  왕리는 전투대상을 잃고서, 새로운 전장으로 왔다

  내 부하들은 대부분 그에게 기탁했고, 그는 나의 운세가 기울기 시작했다고 판단했다

  외로운 늑대처럼 나는 갈 곳이 없었지만, 투지가 불타올라, 끝까지 싸울 것을 다짐했다

  몹시 슬펐다, 문혁을 겪었던 나는 다시 홍위병이 되어

야 했다

나는 그의 업무 태도의 문제점들을 수집하기 시작했고, 부임하자마자 여자 회계원을 껴안고 입을 맞춘 것을 고발했다

그가 크고 작은 대회에서 부장이 혼용하고 무능하다고 비난했던 사실도 폭로했다

나는 그의 맞수를 찾았고, 그가 장춘차오(張春橋)*를 만났다는 사실을 알아냈다

그가 썼던 글의 상당 부분이 사인방을 방조하는 내용이었다

내 말을 믿는 사람은 없었지만, 믿지 않는 사람도 없었다

조직은 나의 건의에 동의하여 그를 출판사에서 내쫓았고, 나는 안도의 한숨을 내쉬었다

이때부터, 나는 문화대혁명이 끝났다는 사실을 믿지 않았다

▸ 2012년 11월 15일 07 : 00 / 베이징 창허완

---

* 장춘차오(張春橋) : 문혁 후기의 당권 투쟁을 주도했던 이른바 '사인방' 가운데 하나.

인사처장 저우원后文

　부급 기관의 인사처장으로서 저우원은 나이가 나와 비슷했지만 나를 대하는 태도가 삐딱했다

　그는 조사조를 대표하여 내가 작풍이 거칠고 동지들을 존중하지 않는다는 결론을 내렸다

　출판사의 갈등이 전부 나로 인해 일어나고, 이는 내 심리적 자질이 부족하기 때문이라는 것이었다

　그는 내가 사람들을 멋대로 대하고 원로 동지들과 젊은 사람들의 앞길을 고려하지 않는다고 비판했다

　그는 저녁에 출판사 회계원과 양고기 훠궈를 먹는 자리에서 이런 정보들을 모았다

　미인이긴 하지만 매부리코였던 그녀는 일찌감치 왕리의 편이 되어 있었다

　그의 마누라가 이혼을 얘기하고 있을 때, 그는 또 다른 여자를 찾고 있었던 것이다

　며칠 전, 그녀는 저우원을 미행하여 호텔에서 여자 부하와 방에 들어가는 것을 목격했다

　나는 회계원의 남편과 저우원의 마누라를 현장으로 보냈다

이는 문혁 시기에 상용되던 기교로서 한번 걸리면 빼도 박도 못했다

저우원은 내가 중선부에서 와서 오만무례하게 군 것이 출판사가 안정되지 못한 근원이라고 말했다

그러면서 내가 뜻을 달리하는 사람들을 제거하고 출판사를 축재의 기반으로 삼으려 한다고 했다

출판사는 문화의 중요한 진지로서 정치적으로 믿을 만한 사람이 이끌어야 한다는 것이 그의 주장이었다

그는 이런 보고를 다 써 넣고 나를 초대해 술을 사주면서 듣기 좋은 소리를 쏟아냈다

그는 내게 고발장을 읽게 한 후 내 반응을 살폈다

나는 웃으면서 그의 마누라와 회계원 남편이 부에 두 사람의 팬티를 증거로 제출했다고 말해주었다

그는 웃으면서 우리의 기법이 둘 다 문혁 시기의 기본적인 공격법이라고 말했다

▸ 2012년 11월 16일 09 : 12 / 베이징 창허완

죽었다가 다시 살아난 출판사

ISBN은 독점 상품이다, 출판사들은 이걸로 먹고산다

나는 출판사를 주관하면서 모든 사람들의 돈벌이 통로를 움켜쥐었고, 모두들 나를 죽도록 미워했다

그들은 온갖 자료를 상부에 올려 나의 이런 조치를 중지하게 하려 발버둥 쳤다

이는 90년대의 빅뉴스로 전국 인민이 다 알고 있었다

어린 시절 나는 건달이었고 다 큰 뒤에도 기름을 아끼는 둥이 아니었다

안팎으로 이어지는 곤경들이 내 투지를 자극했고, 마침내 나는 다시 한번 홍위병이 되기로 했다

정면으로 대응하기로 한 나는 법원에 제소했고 남몰래 위아래로 얽혀 있는 내막과 정보를 수집했다

낮에는 눈이 시뻘개져서 사람들을 내치다가 밤을 세워가며 낮에 보도 들은 것으로 고발 자료를 준비했다

문혁의 방법은 대추가 있든 없든 털고 보는 것이었다, 헛소문을 퍼뜨려도 책임질 필요가 없었다

모든 간부들이 누가 누구를 비방하고 있는지 알지 못했고, 모두들 오줌을 다 누면 재빨리 엉덩이를 닦았다

물론 개혁 개방 덕분에 '행정소송법'이 등장했고 법관은 내 손을 들어주었다

나는 프롤레타리아 문화대혁명을 끝까지 밀고 나간 용기가 큰 작용을 했다는 것을 모르지 않았다

나는 판결문을 슬쩍 매체에 넘기고 나서 고향으로 내려가 사흘 동안 술을 마셨다

문혁이 나를 단련시킨 것에 감사한다, 고향이 어린 홍소병을 이렇게 키워준 것에 감사한다

전 세계가 거세게 움직일 때, 그 상급 간부는 법원에 40위안의 소송비를 내야 했다

출판사는 죽었다가 다시 살아났고 나쁜 놈들은 일소되었다, 나는 당시 좋은 사람이 되어 당당하게 활동했다

나중에 누군가 내게 말했다, 출판사는 원래 더 높은 간부 땅의 개인 금고였다고

▸ 2012년 11월 16일 02 : 07 / 베이징 창허완

셰 부장의 근신

　일반적으로 2선으로 물러난 사람들은 대개 협회 사단에서 간부가 되었다

　이에 대해 모두들 조심스런 태도를 보였지만 의심과 소란도 적지 않았다

　셰 부장은 항상 가는 목소리와 반쯤 감겨 있는 눈으로 나의 보고를 들으며 문제를 상의하곤 했다

　나는, 뜨거운 열정으로 적진으로 달려가 눈 밖에 난 사람들의 골치 아픈 일들을 책임졌다

　테니스를 좋아한 나는 5성급 호텔 테니스장을 찾아다니며 돈을 썼다

　한 번도 가격을 묻지 않았고 항상 코치를 찾아 그와 한두 게임씩 치곤 했다

　다시 개혁이 시작되어, 나는 협회를 떠나 돈벌이에 나서야 했다 장사로 살 길을 찾아야 했다

　그는 국가의 돈을 자기 돈 버는 데 사용해선 안 된다고 말했다

　기업 10주년 때, 나는 베이징호텔에 공연을 준비하고 모델들과 함께 그를 초청했다

집에 돌아가 잠을 이루지 못한 그는 한 무더기나 되는 문제를 적어 모두가 읽게 했다

그는 황누보(黃怒波)가 어떻게 컸는지, 협회가 재산을 나눠 줘야 하는 것은 아닌지 조사해 봐야 한다고 말했다

그는 자기 아들도 사업을 한다면서 비정상적인 길이 아니면 큰돈을 벌기 어렵다고 말했다

설에 세배를 하러 찾아갔을 때, 그는 겸손하고 친절한 태도로 나는 맞아 주었다

나는 자신이 포브스에 이름을 올린 얘기를 하면서 그를 큰솥 밥에서 벗어나게 해 주겠다고 했다

그는 아들이 빚을 지고 도박에 빠졌다고 말했고, 나는 언젠가 그를 도와주겠다고 했다

그는 한참을 멍하니 있다가 입을 열어 과거에 "황누보에게 지출을 조심해야 한다"고 말한 적이 없다고 말했다

사실 맞는 말이었다, 문혁을 겪고 나서는 모두들 누가 사람이고 누가 귀신인지 따지지 않았다

▸ 2012년 11월 17일 09 : 51 / 베이징 창허완

홍위병 유전자

한때 홍위병이었던 그대는 감히 내게 도발할 수 있는
태도를 갖춘 셈이다

누군가 발을 밟으면 이에는 이로 세 번 되밟아 준다

누군가 째려보면 더 매서운 눈빛을 되돌려준다

눈빛으로 사람들에게 개자식, 병신, 머저리…… 온갖 욕
을 퍼붓는다

등산할 때면 나는 지팡이를 휘둘러 다른 산우의 머리통
을 때리곤 한다

그가 항상 내 텐트 뒤에서 소변을 보고, 코를 풀고, 어
슬렁거리기 때문이다

아콩가과를 공격하기 전날, 러시아인 하나가 공격 지점
에서 술을 마시고 민가를 불렀다

짜증이 난 나는 기어올라가 그의 머리통에 돌을 던졌다

나의 목숨을 건 장난에 러시아인은 밤새 다른 곳으로
텐트를 옮겼다

나는 미친개처럼 날뛰면서 소리를 질렀다, 어둔 밤, 해
발 6100미터에서는 거칠 것이 없었다

등정에 성공하여 철수할 때까지 노기가 가시지 않아,

누군가를 패 주고 싶었다

산 위에 있던 모든 사람들이 고개를 숙여 내 눈길을 피했다, 간이 부었다고 생각했을 것이다

떠나올 때, 아르헨티나 가이드가 왜 그렇게 난폭했느냐고 물었다

산 위에서는 모든 것을 참아야 하고 다른 건 따지지 말고 살아서 내려올 것만 생각해야 한다고 했다

나는 말을 받지 못했다, 지나치게 피곤해서 고산 반응이 일어났던 것 같다고만 말했다

사실, 나는 줄곧 문혁이 나의 생존 상태를 바꿔 놓았다고 생각하고 있었다 모든 사람이 아비였다

어쩌면, 모든 사람들이 피해를 입었기 때문에, 남에게 피해를 줄 자격이 있는 것인지도 모른다

▸ 2012년 11월 16일 02 : 38 / 베이징 창허완

절름발이 기질

21세기 인터넷의 시대에, 익명의 편지를 읽는다는 것은 뉴스거리가 아닐 수 없다

문화대혁명에게서 온 편지라면 믿을 수 있을까

몇몇 시인들이 시의 권리로, 회장이 되어, 중국의 시를 세계로 나아가게 했다

그들은 표준적인 문혁의 방식으로, 시의 대오에도 나쁜 사람들이 있음을 밝혀냈다

그들은 군대 시인이 부회장이 되는 것은 다시 군관이 되는 것이라고 말한다

어떤 부회장은 애인을 거느리고 축재를 하는 등 여러 가지로 깨끗하지 못하다고 말한다

어떤 사람은 돈으로 부회장이 되어 시단을 오염시켰다고 말한다

시를 순구류(順口溜)*처럼 써도, 수많은 사장들이 나보다 더 잘 쓴다

익명의 편지 한 통이 전국 시인들의 손에 전해졌다 물

---

* 순구류(順口溜) : 즉흥적인 문구에 가락을 먹여서 노래하는 민간예술의 한 가지.

론 해답은 필요 없다

사람을 죽이는 것은 탄알만이 아니라는 사실을, 우리는 문혁 때 이미 경험했다

익명의 편지를 보낸 주인공은 수수께끼가 아니다, 하늘이 알고 땅이 알고 내가 알고 네가 안다

이는 게임의 법칙이자, 중화 민족 특유의 절름발이 기질이다

우리는 모든 것을 때려 부쉈지만, 이런 기질은 부수지 못했다

21세기가 모든 것을 깨끗하게 하고, 모든 사람이 악을 버리고 선을 향해 가게 할 수는 없을 것이다

물론, 익명의 편지는 익명의 편지 방식으로 익명의 흔적을 만들 것이다

익명으로 홍피서(紅皮書)를 만들고 붉은 상장을 달고서 죽음에서 살아 나왔으니까

대회에서, 익명자와 피익명자가 서로 미소를 지으며, 서로 안부 인사를 건넨다

▸ 2012년 11월 16일 03 : 03 / 베이징 창허완

사악한 한 세대

누군가 붉은 완장을 찬 적이 있다면, 홍위병이었던 적이 있다면, 이 세상에서 몰아내도 좋을 것이다

그가 나중에 삽대되었다면, 병단(兵團)에 들어갔었다면, 상인이 되어 이 세상에서 큰돈을 벌어도 좋을 것이다

이 두 사람이 비즈니스의 세계에서 만난다면, 목숨을 걸고 싸우게 될 것이다

이런 전쟁은 정말로 사람들을 놀라게 하고 혼을 뺄 것이다

모두들 아비였고, 지금은 또 큰아비라, 협력이 어려우면 목숨을 가지고 노는 수밖에 없다

예컨대 합작할 때 친구라고 말했던 사람이, 지금은 내게 칼을 들이대고 있다

그는 내가 돈을 빚졌다고 하고, 나는 그가 자재비를 빼돌렸다고 하면서 서로 목소리를 높인다

그는 법관을 매수해야 한다고 하고, 나는 증거를 수집해야 한다고 하면서, 서로 수법이 매서워진다

그는 기자회견을 열겠다고 하고, 나는 대량의 자료를 챙긴다

그는 몰래 조폭과 접촉하고, 나는 그의 행적을 살피며
철저하게 대비한다

우리는 서로 얼굴을 보지 않지만 둘 다 위풍당당하다,
입으로는 시비를 말하면서 호시탐탐 적을 제거할 기회만
노린다

우리는 조반을 했던 사람들이라, 모든 일을 상규대로
처리하지 않는다

사악한 길을 걸었던 민족이라, 사악한 세대가 남아 있
다

양복을 입고 넥타이를 맨다 해도 사악한 유전자는 제거
하지 못한다

우리는 알고 있다, 이것으로 인해 파산하진 않으리라는
것을, 그저 누가 먼저 눈을 감게 되는지 보고 싶을 뿐이다

부가 고상함을 주지는 않았다, 우리는 한때 홍위병이었
기 때문에

어쩔 수 없이 21세기에도 홍위병의 방식으로 승부를 가
린다

▸ 2012년 11월 16일 03 : 28 / 베이징 창허완

아비의 작풍

모든 중국인은 아비다, 중국인들은 프롤레타리아 문화 대혁명을 겪었기 때문이다

예컨대 나는 업주라, 아비다, 때에 따라 돌봐야 한다, 그렇지 않으면 부동산 비용을 납부할 수 없다

내 별장에 물이 새도 배상하라고도 하지 않고, 수리하라고도 하지 않는다, 소란으로 충분하기 때문이다

중요한 것은 누구든지 내게 불만을 갖는 사람은 침식을 불편하게 해 주는 것이다

예컨대 우리 마누라는 집에 들어오지 못한다, 내가 불같이 화를 내면서 뇌성벽력을 쏟아내기 때문이다

사실 어제 초인종을 잘 못 누른 일로 내게 격하게 항의하는 바람에 몹시 놀라고 짜증이 났었다

그런 상황이 지옥이고 이웃이 적이다, 부부는 숲 속의 새여야 하는데 문혁이 우리를 아무것도 믿지 못하게 했다

우리가 먹고살 만하다 해도 적을 만나면 반사적으로 온몸에 힘이 들어간다

리둥창(李東强)이 세 채의 호화 주택을 소유하고도 관리비를 납부하지 않는 것은 관리인이 그의 집 대문을 걸어

찼기 때문이다

이에 나는 건업위원회를 조직하기로 맹세했다, 목적은 관리사무소를 쫓아내고 설욕하기 위해서다

나는 인터넷에 들어가 주민위원회에 관리 사무소가 깡패라고 고발했다

관리 사무소 직원들은 차를 타고 다니면서 밤새 문을 두드린다, 회사에 가서는 그들이 낯짝 두꺼운 사람들이라고 말한다

모두들 싸운다, 모두들 아비다, 모두들 완장를 차고 있지는 않지만 모두가 홍위병이다

주임이 되자 리둥찬은 관리 사무소 소장을 해고하고 사직을 선포했다 그제야 그는 흡족해했다

또 다른 리둥찬이 주임 자리를 위한 투쟁을 시작했다, 새 관리사무소 소장이 부임하면서 그의 집 개가 없어졌기 때문이다

새로 온 관리 사무소장은 전기와 물을 끊고서 편안하게 살지 못하게 하겠다고 결심했다

그랬다, 그들은 아비고, 우리의 왕법이다, 투쟁 정서는 21세기 우리 민족의 특징이다

▸ 2012년 11월 16일 03 : 55 / 베이징 창허완

조유지향鳥有之鄉

민족의 기억을 지울 수는 없다, 때문에 사람들은 프롤레타리아 문화대혁명을 기억하기 시작했다

그런 생사의 고통, 관료들이 무릎을 꿇어야 했던 이야기, 부자들을 가택수색하고 돌로 내리쳐야 했던 풍경이 미련을 남기고 있다

사람들은 서로 인사를 건넬 때 아Q의 몸짓으로 혁명의 진영에 속한다는 것을 밝혀야 했다

사람들은 인터넷에 들어가 조유지향에서 스촨방(四川幇)을 위해 애도사를 쓰고, 쟝칭을 추념한다

마리청(馬立誠)은 과거로 돌아가 계급투쟁을 벌여야 하는 여덟 가지 사유가 있다고 말한다

포브스에 이름을 올린 부호인 내게 또다시 화가 밀려올 수 있을까

가택수색을 당하고 거리에서 조리돌림을 당하고 완전한 빈털터리가 되는 것을 상상하다가 갑자기 웃음을 터뜨린다

그때는, 나도 이처럼 원망이 많았고, 조반을 서슴지 않았으며, 지독히 무정했다

30년은 하동(河東)이었다가 30년은 하서(河西)였다가, 중국인들은 한 번쯤 몸부림을 쳐야 했다

문혁이 끝났고, 투쟁도 없지만, 한 민족이 어떤 힘으로 살아가고 있는가

단지, 조유지향에 때 묻지 않은 새만 있는 것은 아니라는 사실을 알 뿐이다

공을 이루느라 모두가 죽었고, 민족은 수많은 홍위병들의 돌격과 진지 함락을 필요로 했다

나는 그 여덟 가지의 사조가 역사를 다시 쓰기 위한 것이라는 걸 안다

일부 사람들이 먼저 부자가 되었으니, 이제는 그들을 먼저 지울 차례다

한밤중에, 몸을 일으켜, 달빛 아래서 나의 완장을 찾아, 아직 붉은지 살펴본다

거울 속, 내 얼굴에 핏기가 없고, 눈이 퀭하다, 혁명자 같지도 않고 가난한 사람 같지도 않다

조유지향, 나는 부를 위해 어질지 못했던 혁명의 대상이고, 허리에 만 관의 재물을 찬* 홍위병이다

▸ 2012년 11월 16일 04 : 37 / 베이징 창허완

---

* 만 관의 재물을 차다 : 당나라 시인 두목(杜牧)의 시에서 "허리에 십만 제물을 꿰차고 학을 타고 양주로 유람 간다(腰纏十万貫, 騎鶴上揚州)"라는 구절을 패러디한 것이다.

붉은 노래를 부르다

덩리쥔(鄧麗君)이 죽었어도 좋다, 나는 이미 그 간드러진 노래에 질린 지 오래다

들리는 소문에 의하면 그녀는 국민당 특무라고 한다, 그래서 그녀는 좀처럼 붉은 노래를 부르지 않는다고 한다

그녀는 어려서부터 노래를 잘했지만, 큰 바다의 항해는 조타수에 의지해야 했다

나는 붉은 노래를 들으면서 잠들었고, 붉은 노래를 들으면서 잠에서 깼다

때문에 우리는 프롤레타리아 문화대혁명을 끝까지 밀고 나가야 한다

한 시대의 붉은 노래가 한 시대의 홍위병들을 양육했다

21세기의 인민대회당에도 붉은 노래가 울려 퍼지고, 그 선율에 눈물이 흐른다

잊어버린 세월, 잊어버린 청춘, 잊어버린 혁명의 기억이 다시 또렷해진다

홍군의 복장과 쟝칭 누나의 홍기, 난니만(南泥灣)의 호박이 반짝이며 눈길을 빼앗는다

토호를 타도하여 땅을 나누고 토지를 농민들에게 돌려

주었던 그 시대는 잊히지 않을 것이다

붉은 노래의 하반부는 프롤레타리아 문화대혁명 차례가
되어도 좋을 것이다

지금까지도 나는 기다리지 못한다, 하지만 마음속에는
약간의 격동이 있다

어떤 사람은 문혁으로 인해 죽었고, 어떤 사람은 문혁
으로 인해 명예와 이익을 함께 얻었으며, 어떤 사람은 문
혁으로 인해 지옥에 떨어졌다

붉은 노래를 부르는 사람들의 어깨 위 완장은 홍위병들
의 그것만큼 붉고

붉은 노래를 부르는 사람들 마음속의 격정도 홍위병만
큼이나 높다

붉은 노래를 부르면 우리는 투지가 강해져 사해가 분등
하고 오대주가 흔들린다

또다시 주자파를 타도하자, 착취계급를 땅에 넘어뜨려
발로 밟아주자

▶ 2012년 11월 16일 05 : 03 / 베이징 창허완

독점된 이익집단

문화대혁명의 장점은 모두들 손을 들어 마구 타도하고
때려 부술 수 있다는 것이었다

모두들 똑같은 옷을 입고 똑같이 붉은 노래를 부르며
똑같은 홍차균을 마셨다

지금은, 모두들 말한다, 사회주의 시장경제에서, 일부
사람들만 먼저 주머니를 채웠다고

그들은 배추를 사듯이 집을 사고, 맹물을 마시듯이 마
오타이(茅台)주를 마신다

그들에겐 돈이 있어 고리채를 놓고, 국유재산의 가치가
올랐다고 둘러댄다

그들의 자식들은 요금소에 앉아, 손만 뻗으면 수십만
위안씩 거둬들인다

그들은 농민공들에 대해 파견 노동 방식을 채택하여,
일당으로 임금을 지급한다

그들의 애인들은 에르메스 명품을 즐기고 마세라티 스
포츠카를 몬다

그들은 자신들이 공화국의 장남과 차남, 그리고 사생아
라고 말한다

먼저 부자가 된 잘나가는 한 세대라고 말한다

그들은 자자손손 부유하고 하늘도 변하지 않기를 원한
다

나는 부호라, 그들과 입장이 같고, 관점도 다르지 않다

하지만 나는 붉은 노래를 들을 때 "바람이 울부짖고, 말
들이 울어대며, 황하가 포효하고 있다"는 구절을 함께 듣
는다

농민공들이 나의 계단에 표어를 붙이고 "피와 땀의 대
가를 달라"라고 외치면 마음이 초조해진다

나는 문혁의 위력을 안다, 오늘은 내가 위협과 타도의
대상이다

나는 안다, 독점된 이익집단이 지금 홍위병들의 화약에
불을 붙이고 있다는 것을

문제는 함께 망하든가 모두가 함께 조유지향(鳥有之鄕)*
의 즐거움을 누리게 되는가 하는 것이다

▸ 2012년 11월 16일 05 : 58 / 베이징 창허완

---

* 조유지향(鳥有之鄕) : 문혁 시기에 추구했던 공평하고 정의로운 사회를 비유
하는 말이다.

부패한 도망자

로스앤젤레스 거리에 가면 나는 누가 도망자인지 알 수
있다

신문을 팔거나 전단을 돌리는 사람, 파룬궁(法輪功)을 설
파하는 사람들은 그린카드를 받고 싶어 하는 노부인들이
다

신비한 눈빛에 소박한 옷차림을 하고 고개를 숙인 채
지나가는 사람들은 탐관이다

그들은 머리칼이 희고 손에는 『성도일보(星島日報)』를
들고서 이민국에 인도되어 고국으로 돌아간 사람들이 없
는지 살핀다

중국인들이 '나관(裸官)'을 발명한 것은 문화대혁명이
다시 올 수 있다는 것을 말해 준다

다시 말해 불법 가택수색의 시대, 사람들을 슬프게 하
는 시대가 다시 올 수 있다는 것이다

생각해 보라, 모든 부호들이 신이 나 있을 때, 그들은
도망친다

공화국의 이윤을 가지고, 자본주의 국가의 안녕과 만년
을 향해 도망친다

사실 아직도 홍위병들의 눈은 눈처럼 밝고 투지도 굳세기만 하다, 가죽 허리띠 하나로 문제를 해결한다

세상에는 탐관이 하나도 없고, 모두가 충성스럽고 선량하기만 하다

나는 내 조국을 슬퍼하고, 내 재산을 슬퍼하고, 내 문혁을 슬퍼한다

일어서고 싶다, 손을 뻗어 나무 위의 잎새를 따서 호각을 불고 싶다

우리는 주자파를 타도했고, 새로운 주자파를 양육했다

우리는 가난한 한 세대를 양육했고, 새로운 세대의 빈민들을 만들어 냈다

우리는 붉은 표어에서 벗어났지만, 지금도 사람들을 상심케 하는 것들만 몸에 달려고 한다

우리는 홍위병이었지만, 지금 또다시 주먹을 들려고 하니 황당하지 않은가

이런 의미에서, 역사는 부패했다, 역사는 영원히 믿을 것이 못 된다

▸ 2012년 11월 16일 06 : 22 / 베이징 창허완

부록

시평

시의 무리수

뤄잉의 시를 읽고

허샤오쥔(贺绍俊)

뤄잉(駱英)의 시는 대부분 시간을 쪼개어 틈틈이 쓴 시다. 뤄잉 스스로도 이 점을 잘 알고 있기 때문에 시의 끝 부분마다 시를 썼던 당시의 환경에 관해 기록해 둔다. '항공기 OO편에서', 'OO공항 식당에서', '출장 중 OO카페에서', '미국LA OO호텔 XX호에서'처럼 상당히 구체적인 공간을 적시하고 있다. 이는 뤄잉의 시가 여가 시간에 쓰여진 것일 뿐만 아니라 시를 쓰는 일 자체가 그의 또 다른 생존 방식이라는 것을 말해 주는 방증이라고 할 수 있다. 때문에 뤄잉의 시를 읽으면서 나는 이미 그가 대단히 성공한 기업가로서 머릿속에는 온통 이윤과 자본, 손익 같은 것들이 가득 차 있다는 것을 이해할 수 있었다. 또한 그가 공항을 자주 드나들고 호텔에 며칠씩 머무는 것 역시 이윤과 자본, 손익 등을 염두에 두고 하는 경제행위라는 것도 알게 되었다.

그는 이윤과 자본, 손익 등으로 인해 자아를 상실했다는 자각을 기초로, 시를 씀으로써 자신의 생존 방식을 바꾸려 한다. 시의 세계에서만 그는 자아의 존재를 느끼는 것이다.

바로 이런 이유 때문에 뤼잉의 시는 주체성으로 가득 차 있다. 그는 시 속에 비교적 완전한 주체의 세계를 구축한다.

우선 뤼잉의 주체 세계는 대단히 개인화 되어 있기 때문에 시의 통약성(Commensurability : 시가 보편적으로 갖는 공통점으로 시를 해석할 수 있는 성질) 법칙으로 그의 시를 해석하는 것은 매우 어려운 일이다. 그의 주체 세계는 철학적 의미가 매우 짙은 지혜형 세계이기 때문이다. 그의 시 쓰기는 크게 두 가지로 분류할 수 있다. 하나는 지혜형 시 쓰기이고 하나는 감성형 시 쓰기다.

시인의 주체성 추구에 초점을 맞추어 시를 분석해 보면 이 두 가지 유형이 각기 다른 방법을 통해 주체성의 존재를 증명하고 있다는 것을 알 수 있다. 하나는 지혜를 통해 증명하는 것이고 하나는 감성을 통해 증명하는 것이다. 증명의 통로가 다르기 때문에 시가 사람들에게 전달하는 느낌 또한 분명 다를 것이다. 뤼잉의 관점에서 보자면 시는 지혜의 결정체라고 할 수 있다. 그는 「철학비판」이라는 제목의 시에서 시와 철학의 우열을 비교하고 있다.

시와 철학은 둘 다 지혜의 산물이다. 하지만 "개념은 기차가 질주할 때 깔려 죽고 만다." 이 말의 반어적 의미는 철학은 지혜의 추상화이긴 하지만 여전히 객관적 세계에 의존하기 때문에 예측이 전혀 불가능한 객관적 세계의 면전에서 철학적 개념은 '그저 미약한 언어'일 뿐이라는 것이다. 객관적 세계의 압박 하에서 '모든 언어는 이처럼 사멸되었다가 다시 재생되고' 주체성이 재생될 때 객체의 '모든 말(馬)'은 실종된다. 또 다른 시 「비상하는 철학」에서 뤄잉은 이 부분의 의미를 한층 더 심화시킨다. 그는 "좋다, 나는 언어 위에 앉아 비상할 것이다. / 나는 수많은 언어를 모살한 적이 있기 때문이다."라고 말한다. 수많은 언어를 모살해 본 경험, 이것이 바로 뤄잉 스스로 자신의 주체성을 증명하는 방법이다. 이 방법은 매우 폭력적인 것 같지만 바로 이 폭력만이 단호한 경지에 올라 설 수 있게 해 주는 힘이 된다. 뤄잉이 자신을 '시의 야만인'이라고 칭하는 것도 아마 이런 이유에서일 것이다.

다시 말해서 그가 시를 쓰는 것은 완전히 일종의 자기표현의 필요에 의한 것이다. 일단 글쓰기 상태에 들어가면 그는 더 이상 시의 영역을 공공영지로 여기지 않는다. 또한 이 공간에 어떤 공공의 규약이 있는지, 시의 공간에서 남들이 자신의 표현을 받아들이는지에 관해서는 전혀 신경을 쓰지 않는다. 그저 자신의 사상을 자유롭게 펼칠 뿐이다.

뤄잉의 시는 그의 사유와 생각이 마음껏 비상한 흔적이라고 할 수 있다. 오로지 시의 세계에서만 그의 사유와 생각을 비상할 수 있고, 그 결과 그 사유와 생각들은 진정으로 뤄잉 자신의 것이 된다. 하지만 현실 생활에서 그는 사유와 생각이 자신의 것이 아니라고 느낄 것이다. 사유와 생각이 이미 이윤과 자본, 손익 등의 노예로 전락해 버렸기 때문이다. 어쩌면 사유와 생각의 자유로운 비상이라는 각도에서만 뤄잉의 시를 체감할 수 있고 그 자유분방하고 아무런 구속도 없는 언어의 조합이 전달하는 정보와 신호를 포착할 수 있을 것이다. 예컨대 어떤 시 작품들은 완전히 직접적인 철학적 질의로 간주할 수도 있다. 시집 『작은 토끼』에 실린 시들이 바로 이런 유형의 연작시라고 할 수 있고 시집 『아홉 번째 밤(第九夜)』에 실린 시들은 색정과 성욕에 대한 철학적 사유라고 할 수 있다.

뤄잉은 생활의 체험과 기억을 소재로 한 시도 쓴다. 예컨대 시집 『지식청년 일기 및 후기(知青日記及後記)』와 『문혁의 기억(文革記憶前傳)』에 실린 시들이 그렇다. 이런 서사체 시들을 처음 읽으면 그 일상생활의 구체성 때문에 친밀감을 느끼게 된다. 일반적으로 말해서 이러한 일상생활의 구상성은 일종의 시적 이미지로서 종종 어떤 통약성을 갖는다. 그리고 이러한 통약성은 시의 통로에서 방향표지판 역할을 한다. 하지만 아무리 그렇다 해도 뤄잉은 이러한 통약성에 구속되지 않는다. 때문에 우리가 이런 이미지의 방향을 따라 걷다 보면 그의 주체 세계에 도달하지 못할 수도 있다. 그는 자신의 방식으로 또 한 갈래의 길을 내고 있다. 이 길을 찾는다면 우리는 틀림없이 뜻밖의 즐거움을 만날 수 있을 것이다. 우리는 이 서사체 시에서 다시 한번 뤄잉의 '야만'을 경험하게 된다. 그는 서사를 일종의 무리수 연산으로 처리하고 있는 것이다.

내가 뤄잉의 시의 노선을 완전히 찾아냈다고 장담할 수는 없다. 감히 뤄잉의 주체 세계를 이미 통찰했다고도 말할 수 없다. 하지만 일부 족적은 찾을 수 있다. 예컨대 뤄잉의 시에는 죽음의 이미지가 도처에 흩어져 있다는 점이다. "햇빛이 나를 비출 때 / 우린 실제로 이미 죽은 것이다." 그는 자신을 이미 죽은 적 있는 까마귀가 둥징(東京)의 길거리에서 노래하고 있는 것으로 상상하는 것처럼 등산에 관한 연작시에서는 "죽음에 감사하고 별들에게 감사한다 / 8844의 높이에서 나는 죽음과 별들 때문에 세상을 여러 번 보았다."라고 하여 죽음의 기억을 묘사하고 있다. 어쩌면 뤄잉의 주체 세계는 죽음을 콘크리트로 하고 있다. 이 콘크리트는 최고 등급이라 견고하고 두껍고 차갑다. 그리고 어둠과 정적이 이 세계의 가장 기본적인 장식 재료가 된다. "어둠 속에서 나는 피아노를 친다…. 이곳의 음표에서 나는 깊은 차가움을 느낀다." 하지만 죽음이든 아니면 어둠과 정적이든 간에 시에 절망과 비애의 숨결을 가져다주진 않는다. 죽음의 콘크리트 위에 서 있는 것은 강인하고 오만한 그림자다.

뤄잉은 시에서 영혼을 드러낸다. 단순히 현실 속의 황누보(黃怒波 : 뤄잉의 본명)만 보면 자선에 열정을 갖고 있고 문화를 사랑하는 현대적 기업가의 이미지를 떠올리게 될 것이다. '뤄잉(駱英)'이라는 필명으로 쓴 시를 읽고 난 뒤에야 그의 주체 세계가 이처럼 풍부하고 복잡하다는 것을 알 수 있다. 그는 모더니티의 곤경에 처한 경제인으로서 물질과 대단히 밀접한 관계를 맺고 있고 경제사회의 물질적 원리에 정통해 있지만, 동시에 물질의 속박으로부터 해방된 보기 드문 현대인이기도 하다.

주체성이란 특성이 특별히 강한 뤄잉의 시를 읽다 보면 우리는 시에 대한 새로운 이해를 갖게 된다. 본질적으로 말하자면 사실 시는 철학이다. 플라톤은 철학의 순수성을 지키기 위해 시를 이상 국가에서 제외했지만 플라톤의 이러한 행위가 바로 시만이 철학에 대항할 수 있는 영역임을 반증하는 것이라 할 수 있다. 프랑스의 모더니즘 시인 말라르메는 시란 우리에게 사상의 무리수를 제공하는 것이라고 말한 바 있다. 나는 이러한 정의를 무척 좋아한다. 한 가지 보충해서 말하자면 시는 사상의 무리수이고 철학은 사상의 유리수라고 할 수 있다. 양자의 공통점은 수학사유에 있다. 수학사유는 가장 추상적인 사유다. 뤄잉은 시에 주체성의 존재를 실현하려 시도하고 있다. 비즈니스의 영역에서의 그의 성취가 얼마나 휘황찬란한지 모르겠지만 시가 없다면 그는 자아를 찾지 못할 것이다. 동시에 나는 뤄잉이 시에서 표현한 '폭력'의 개념을 받아들이고 싶다. 그는 시의 무리수이기 때문이다.

애도와 복상(服喪), 고별을 위한 글쓰기

뤄잉 시집 『문혁의 기억』에 관하여

경잔춘(耿占春)

뤄잉의 시 쓰기는 개인적인 경험의 표현을 중시한다. 특히 집단 경험과 사회 기억의 개인적인 증거를 중시한다. 금기와 회피가 지나치게 많아 한 세대가 직접 겪은 경험과 관련된 사회 역사서가 지금까지도 여전히 매우 부족하기 때문이다. 아니면 기억을 상실한 세대, 망각의 공정을 거친 세대이기 때문인지도 모른다. 우리가 살아온 그곳은 하나의 기억이 상실되어 심각한 정신 분열을 양산하는 사회였다. 한 세대, 특히 오늘날 중국 사회의 경제와 문화, 정치에서 가장 강세를 나타내는 세대에 관해 말하자면, '문화대혁명의 기억과 경험의 기록'이라는 사실을 바탕으로 이 세대의 핵심 경험이 형성되었다고 할 수 있다. 직접 경험한 사람들과 그 사회 전체에게 '문혁의 기억'은 무엇을 의미할까? 문혁의 기억에 대한 망각은 또 무엇을 의미할까? 당시의 시와 문학, 사회와 역사 전체가 탐색의 대상이 되기에 충분한 문제다.

사람들이 익히 알고 있는 '후회 없는 청춘' 같은 공동체적 표현과 달리 뤄잉의 『문혁의 기억』은 그의 『지식청년 일기 및 후기(知靑日記及其後記)』와 함께 아직 '격정적으로 타오른 세월'로 미화되지 않고 이데올로기적 언어에 의해 가려지지도 않은 개인과 사회생활에 관한 직접적인 서사를 제공한다. 이 시집에 수록된 시 한 편 한 편이 전부 역사와 기억의 재현이고 보잘것없는 작은 인물들의 짧은 평전이다. 서두에는 아버지와 어머니가 있고, 서술자의 두 형과 누나가 있다. 그리고 서술자의 소년 시절이 있다. 뒷부분으로 갈수록 시집의 주요 기억들은 인촨(銀川) 전체로 확장되어 있어 우리에게 기본적인 사실을 관찰할 수 있는 거시적인 틀을 제공한다. 엄청난 재난은 '집권당'에게 국한된 것이 아니라 일반 평민들의 디테일한 삶 전체에까지 깊고 넓은 영향을 미쳤다. 이들은 대부분 작고 보잘것없는 인물들이었고 극단적 이데올로기의 선동 아래 미쳐 날뛰어야 했던 민족과 인민의 총화였다. 문화대혁명이 종결될 무렵 제11기 삼중전회에서 마오의 착오를 결의하고 혁명 자체를 철저히 부정하긴 했지만 이런 정치적 조치는 추상적인 문서에 의한 것일 뿐이었다. 문서의 합리성과 유효성이 이제 막 엄청난 재난을 겪고 난 사람들에게 어느 정도 설득력을 가졌을지 모르지만, 훗날 이러한 기억을 가지고 있지 않은 사람들에게는 문서에 의한 추상적이고 개념화된 부정과 진실성과 구체성이 결여된 서사가 역사 기억 전체에 대한 부정확한 부정의 전제와 기초가 될 수 있을 것이다. 요컨대 보다 실체적인 인식이 없다면 잠재되고 있는 문화대혁명은 언제든지 다시 고개를 들 수 있다. 특히 이성적 능력이 부족하고 사유가 억압되었을 때 이런 불씨는 언제든지 사회적 불공평을 매개로 하여 불꽃으로 발전할 수 있는 것이다. 이것이 바로 뤄잉의 시집 『문혁의 기억』이 포스트 문혁 시대에 던지는 의미이다.

일단 기억을 상실하게 되면 절대로 현재와 미래를 이성적으로 연결하여 사고할 수 없게 되고, 이로 인해 합리적인 행위 방식을 선택할 수 없게 된다. 개인과 사회를 막론하고 엄청난 대재앙과 장기간의 창상, 집단적 광란과 폭력을 경험한 뒤에는 정치 이론과 문화적 표현에 있어서 충분한 애도와 복상으로 마음을 위로하고 치유하는 과정이 필요하다. 그래야만 진정한 고별과 영원한 기념으로 망령들을 영면하게 할 수 있을 것이다. 또한 과거의 역사에 대한 비판적 기억을 유지해야만 파괴적인 심리 역량이 다시 재현되는 것을 막을 수 있고 이미 망각된 것 같은 사악한 힘이 역사 속에 모습을 바꿔 다시 창궐하는 것을 방지할 수 있을 것이다. 하지만 문화대혁명이 종결된 뒤에도 진정한 의미의 애도와 복상은 이뤄지지 않았고, 사회 전체가 도처에 위기의 인자들을 그대로 지닌 채 새로운 단계로 접어들었다.

2012년 겨울, 인환의 어느 날 밤, 『문혁의 기억』 초고를 읽고 일반적인 의미의 시집이 아니라는 인상을 받았다. 시인 뤄잉이 훨씬 더 노련하고 전문적인 기교로 써낸 『작은 토끼』나

『아홉 번째 밤』같은 시집에 담긴 현대적 체험이나 수사가 들어 있지도 않았다. 『문혁의 기억』은 일종의 사회의 망각 프로젝트를 기조로 하는 집단적 저항의 정서이자 한 세대의 전기적 경험의 총화로 이해해야 한다. 기억과 증거의 기능을 유지하기 위해 『문혁의 기억』은 보통 사람들의 일상 언어와 구술의 화법을 이용하고 있다. 심지어 문어체에 맞게 교정할 필요도 없는 구어식 표현으로 완벽하지 않은 구성 방식을 남겨 둔 것은 뤄잉 자신이 『문혁의 기억』을 '현대적 향요(鄕謠)'로 간주했기 때문이다. 어쩌면 이 시집이 서술하고 있는 사건들은 인환 사람들 모두에게 엄청난 재난을 다시 떠올리게 하기에 충분한 것들인지도 모른다. 증인의 기억이자 심경의 토로이며 고발이기 때문이다.

기록은 한 가족의 불행으로 시작한다. 시인 본인의 서글픈 가족사를 통해 우리가 들을 수 있는 것은 한 개인의 폐부 깊숙한 곳에 묻어둔 절규이자 고통의 신음이다.

> 혁명에 전투가 필요할 때, 아버지는 전투를 벌였고
> 혁명에 희생이 필요할 때, 아버지는 희생물이 되었다
> 아버지는 아주 냉정한 방식으로 이 세상에서 사라졌다
>
> 아버지는 아주 잔인한 절차로 나에게 슬픔을 남겼다
> 이때부터, 아버지가 개처럼 죽어간 것처럼, 나도, 개처럼 생
> 존해야 했다
>
> ―「마른 뼈의 아버지」

극도로 자제하는 서술에서 개인의 역사를 통해 사회 전체의 상황과 잔인하고 폭력적인 논리의 전달과 확장을 느낄 수 있다. 부친의 죽음에는 희생자의 억제된 인내와 냉철함이 감춰져 있다. 하지만 이를 묘사하는 뤄잉의 언어에는 비통한 심정만 담겨 있는 것이 아니라 이성적인 비판과 미세한 반어적인 풍자가 함께 곁들여져 있다. 국가와 민족 내부에 일종의 원한과 폭력의 관념적 논리가 설정되어 있는 것이다.

문혁 기간에는 선동된 적의가 인간의 생물적 본능에서 나오는 야만성에게 합법성을 부여했다. 사실 『문혁의 기억』의 서술 속에서 우리는 우리의 삶과 존재에 잠재되어 있는 박탈감과 적개심, 동물성과 폭력성을 확인할 수 있다. 또한 우상화된 영도자와 계급 혹은 민족이라는 추상적 명의를 가지고 사람들을 타자화하고 심지어 적대 세력으로 간주하여 철저하게 일소하려는 비이성적 충동도 찾아볼 수 있다. 실제로 문혁 시기에는 계급투쟁을 기저로 하는 이른바 '계급성'이 '인성'을 대신했고 계급이 인간의 모든 속성을 대신했으며 원한이 자비와 연민, 동정심의 자리에 대신 들어섰다. 인간의 선한 본성들은 자본주의적 계급의식의 부족에 기인하는 감정의 사치에 지나지 않았다.

추측건대 어머니는 사실 글자를 잘 모르는 반문맹이었을 것이다
닭털 총채로 나를 때리실 때면 눈빛이 무척이나 무서웠지

만

지금 생각해 보면 아마도 남자 역할을 연기하느라 그러셨
던 것 같다

반혁명 분자의 아내는 가장 천한 여인으로 취급되었다

어머니에겐 네 명의 자식이 있었고, 전부 학교에 진학할 수
있기를 희망했다

어머니는 매일 흙을 파다가 팔면서 한 번도 고개를 든 적이
없었고,

별빛이 캄캄해질 때야 수레를 끌고 집을 나섰다

—「다리를 저는 어머니」

진실한 서술 속에 내재된 사상과 정보는 추상적인 사상의
표현보다 훨씬 더 다채롭다. 반문맹이었던 어머니는 자신의
자식을 사회로 복귀시킬 수 있는 유일한 가능성이 있다는 것
을 알고 있었다. 하지만 문화대혁명이라는 거대한 재난 앞에
서 이는 필연적으로 환상으로 전락할 수밖에 없었다. 우리는
이러한 시적 회상을 통해 시인이 겪었던 잔혹의 논리에 귀를
기울여야 한다.

혁명운동과 아이들의 잠재의식 사이에는 어떤 논리 관계가
있을까? 사회적 상황과 개인의 감정 사이에는 어떤 감지와 언
어적 표현이 가능했을까? 아이들은 부모와 가족을 잃었다. 대
신 그 자리에 나온 주식의 초상화와 어록, 찬가와 관념이 들
어섰다. 이런 대체를 통해 아이들은 자신의 굴욕을 잊었다. 영
수의 위대함과 영광이 바로 자신의 위대함이자 영광이었다.

뤄잉의 서사는 이러한 상실된 경험과 기억에서 시작된다. 이는 한 세대의 정신 분열이었다. 사람들은 자신이 경험한 것을 표현하는 능력을 잃었고 기억의 권리와 언어마저 상실했다. 대신 진실과 무관한 언어와 관념이 그들의 기억과 언어에 복제되었다. 잔혹함의 잔혹함을 감지하지 못하는 이유가 여기에 있다. 또한 이른바 '계급투쟁'의 이름으로 국가가 일부 국민에게 적용한 차별 대우는 인종주의의 박해와 격리에 조금도 뒤지지 않는다. 게다가 차별과 박해의 대상이 국가정권에 의해 임의적으로 규정되고 확대되는데도 그 청산에 대한 정치적 소재는 분명치 않다. 뤄잉은 이런 총체적 왜곡에 관해 자서전에 가까운 이 시집에서 "회상할 수 있는 일상은 주로 굴욕이었다."라고 토로하고 있다.

『문혁의 기억』의 핵심적인 내용은 홍위병 운동에 대한 본격적인 서술로 시작된다. '피비린내'와 '황당함'은 뤄잉이 문혁의 기억에 지어준 이름이다. 그는 '차마 지난날을 돌이켜 볼 수 없다'는 말로 기억의 고통과 진술의 어려움을 토로한다. 이 부분에서는 훨씬 일반적이고 유형화된 사건들이 언급된다. '마오 주석'과 '홍소병', '홍보서', '충자무', '최고지시', '대자보', '대관련', '지주에 대한 투쟁', '사구타파', '흑오류' 등 문혁을 상징하는 술어들과 이 술어들이 상징하는 피비린내 나는 비판 투쟁과 조반, 무력 투쟁이 그것이다.

이때부터 충자무는 혁명의 의지를 나타내는 우리 영혼의
방식이 되었다
　해가 뜨는 것을 볼 때마다 마음속에서는 장엄하게 <동방홍
(東方紅)>이 메아리쳤다
　먼 곳을 가리킬 때마다, 나는 항상 두 주먹을 꼭 쥐었고
　마음속에서 전 세계를 짓밟아버리고 싶은 흉포한 욕망이
솟아올랐다

                                                    ―「충자무」

　사회의 주변인으로 지긋지긋한 굴욕을 당해야 했던 부랑아
들이 '홍소병'으로 신분전환을 하는 과정에서 '조반'이라는
이름의 폭력은 무소불위의 권력이 되고, 이를 미화하고 상징
하여 기세를 증폭하기 위해 '충자무' 같은 다양한 신화적 기
제들이 등장한다. 이렇게 체계적인 폭력의 논리가 형성되는
것이다.
　원한은 정치적 위임을 얻어낸다. 굴욕과 빈천함은 홍소병
들의 원한의 기폭제가 되어 투쟁 철학 혹은 원한의 논리가 사
회 전체의 논리와 원칙을 대신했다. 손에 '홍보서'를 들고 강
철 채찍을 들기만 하면 모든 것을 파괴할 수 있었다. 국가의
공권력이 원한에 사무친 아이들 손으로 넘어간 것이나 다름
이 없었다.

　누군가 늙은 지주를 쓰러뜨리고 그의 머리를 발로 차 땅바
닥을 이리저리 구르게 했다

마샤오훙(馬小紅)은 열한 살 어린 여자애였지만, 비할 데 없
이 사납고 거칠었다.
　　그애가 늙은 지주의 얼굴을 손으로 후려갈겼다
　　열 살이었던 나도 두 손으로 있는 힘껏 그의 배를 쳤다
　　늙은 지주가 아무 소리도 내지 못하는 것을 보고 우리는 대
열을 갖춰 마오 주석 어록가를 부르며 도시로 돌아왔다
　　　　　　　　　　　　　　　　　　—「지주에 대한 투쟁」

　　이와 동시에 기존 모든 가치와 관념들이 부정되고 파괴되
었다. 수천 년에 걸쳐 전승되어 온 전통문화도 한순간에 계급
과 혁명의 장애 요소가 되었고 언어와 문학도 부정되거나 개
조되었다. 사람들이 사용하는 언어는 칼이나 돌과 다름없었다.
하나같이 극도로 간단하고 공격적인 말과 문구, 단 하나의 의
미에 고정된 단어들만 사용했다. 엄청난 재난 속에서 사람들
의 입에서 나오는 언어는 대부분 구호가 아니면 감정적 욕설
과 저주뿐이었다. 언어의 재난이라고 하기에 부족함이 없었다.

　　세심한 이웃들은 매일 그의 입에서 터져 나오는 반동의 언
어를 잘 기억해 주었다
　　홍위병들은 가장을 하고 은밀히 그의 일거일동을 관찰했다
　　공안에서는 그가 소련수정주의의 특무로 정권을 전복시키
려 획책하고 있다고 믿었다
　　때로는 철공장인 류씨가 러시아어로 말을 하기 때문에 아
무도 알아듣지 못하는 거라고 생각하기도 했다
　　　　　　　　　　　　　　　　　　—「철공장인 류씨」

이러한 증거들이 보여 주듯이 실제로 혁명은 아주 많은 환각과 심각한 정신 분열을 수반한다. 이성과 이상은 혁명과 절대 어울리지 않는다. 따라서 문화대혁명은 진정한 의미의 민중운동이 아니라 한 개인을 위해 무력한 민중이 연주한 광상곡이었다.

요컨대 문화대혁명은 비이성적인 폭력과 인간의 잠재의식 속에 감춰져 있는 원시적 동물성과 욕망의 극대화였다. 이 10년의 기억은 이른바 개혁 개방이라는 노선 전환으로 궤도 회귀를 실현한 것 같지만 사실은 오늘을 사는 중국인들의 인성과 생활에 여전히 깊은 그늘로 작용하고 있다. 시인 뤄잉이 유년과 청년의 기억을 『문혁의 기억』으로 귀납한 것은 대단히 상징적인 일이다. 이 시집을 통해 수많은 고통과 상처들이 애도와 복상을 거쳐 진정으로 어두운 시대와의 고별을 실현할 수 있을 것이다.

시는 노래인 동시에 풍경이다

김태성(金泰成)

문혁 즉 문화대혁명은 1949년 중화인민공화국 수립 이후 모든 정책에 실패한 마오쩌둥이 축소되고 있는 자신의 당내 권력을 다시 장악하기 위해 레닌의 문화혁명 이론에 근거하여 1966년부터 1976년까지 진행했던 다분히 비이성적인 정치 투쟁이었다. 전 세계가 근대의 결과물인 '도구 이성'을 극대화하면서 역사의 방향을 경제 발전과 삶의 질 개선에 맞춰 전진하고 있을 때, 중국만 역사의 정반대 방향으로 달려갔었다. 문혁 10년은 개인의 권력을 위해 비이성과 맹목적인 혁명 사유로 폭력과 파괴를 합법화했던 광란의 시대였다.

그 뒤로 40년이 흘렀다. 마치 잃어버린 10년을 되찾기라도 하듯이 중국은 빠른 속도로 개혁 개방의 길을 달렸고, 그 결과가 엄청난 경제 발전, 도시화, 산업화, G2, 경제 대국 같은 이름들로 나타났다. 이제는 지나치게 빠른 변화와 성장으로 인한 부패와 빈부격차, 환경오염, 언론통제 같은 부작용들에 대해 사유해야 하는 상황이 되었다.

하지만 이런 것들만 해결하면 되는 것일까? 뤄잉은 중국 사회가 안정되고 성숙한 국가로 발전해 나가기 위해서는 10년 동안 중국인들의 온몸에 각인되어 몸과 정신을 송두리째 지배했던 문혁의 유전자가 제거되어야 한다고 말한다. 한때 그는 가장 문혁적인 사람이었고 문혁의 대표적인 피해자이자 수혜자이기 때문에 그의 이런 주장이 담긴 노래는 어떤 의미에서도 타당하고 유리(有理)하다. '조반유리(造反有理 : 모든 반란 행위는 타당한 이유를 가지고 있다)'가 문혁의 만능열쇠였다면 이제는 '반사(反思)유리'가 시대의 지침이 되어야 할 것이다. 지나간 역사에 대한 반성적 사유와 이를 바탕으로 한 청산이 없다면 국가와 민족의 미래는 기대할 수 없다. 이는 우리의 역사에도 적용될 수 있고 반드시 적용되어야 하는 진리다. 친일을 청산하지 않은 결과 아직도 무능한 일본군 장교의 딸이 대통령이 되어 친일의 후예들을 이끌고 나라를 농단하고 있는 것이 바로 우리의 현실이기 때문이다. 중국의 문혁을 함께 비판하고 기억하면서 해방 이후 우리 역사를 송두리째 반성해야 하는 이유가 분명히 있다.

만일 한 사람의 삶이 그대로 역사가 되고 신화가 될 수 있다면 그 대표적인 예를 시인 뤄잉에게서 찾을 수 있을 것이다. 잠 잘 곳이 없어 풀 무성한 무덤 주변을 떠돌던 소년 뤄잉은 중국의 서른여섯 번째 부자로 포브스에 이름이 오르는 대기업가로 성장하여 중쿤(中坤)시가발전기금을 운영하고 있다. 그는 이런 엄청난 사회적 부와 지위에도 불구하고 끊임없는 사유와 글쓰기로 문학청년의 양지(良知)와 열정을 유지하고 있다. 이 책에는 그의 유년의 창상과 이런 창상을 만들어낸 일그러진 역사의 기억이 가공되지 않은 모습으로 펼쳐져 있다.

시는 노래다. 아픔을 치유하고 기쁨을 증폭함으로써 모든 불의와 고뇌에 대한 영약으로 작용하는 것이 시다. 또한 시는 풍경이기도 하다. 이 시집에 담긴 백여 편의 시는 거친 터치로 그려 낸 시대의 풍경화다. 잊히기를 거부하는 시대의 참상을 우리의 폐부에 심어주는 아픈 그림들이다. 번역 시집은 시의 무덤이 되기 십상이다. 이 번역 시집에서 뤄잉의 시가 죽어 버리지 않기를 조심스럽게 바란다.

2014년 初夏

김태성

뤄잉(駱英)

본명 황누보(黃怒波). 중국 간쑤(甘肅)성 란저우(蘭州)에서 태어나 닝샤(寧夏)에서 성장했다. 1981년 베이징대학교 중문과를 졸업했다. 1976년부터 시를 쓰기 시작하여 1992년에 첫 시집『더 이상 나를 사랑하지 말아요(不要再愛我)』를 출간한데 이어『우울함을 거절하다(拒絶憂郁)』(1995),『뤄잉집(駱英集)』(2003),『도시유랑집』(2005) 등의 시집을 출간했다. 1995년부터 중국의 부동산 및 리조트 분야에 25개의 계열사를 지닌 대기업 '중쿤그룹(中坤集團)'을 경영하고 있다. 중국작가협회 회원, 중국시가학회 이사, 베이징대학교 시가센터 중국신시연구소 부소장 등으로 활동하고 있다. 영어와 불어, 독일어, 몽골어, 한국어, 터키어, 일본어 등 여러 외국어판 시집이 출간되어 있으며 전 세계 일곱 개의 주요 봉우리와 남극, 북극을 탐험한 등산의 기록을 시로 남기기도 했다. 국내에서는『작은 토끼』와『7+2 등산일기』등 두 권의 시집이 이미 출간되었다.

옮긴이 김태성(金泰成)

김태성(金泰成)은 1959년 서울에서 출생하여 한국외국어대학교 중국어과를 졸업하고 동대학원에서 타이완문학 연구로 박사학위를 받았다. 중국학 연구공동체인 한성문화연구소(漢聲文化硏究所)를 운영하면서 한국외국어대학교 중국어대학에 출강하고 있으며 중국어문학 번역과 문학교류 활동에 주력하고 있다.『노신의 마지막 10년』,『굶주린 여자』,『인민을 위해 복무하라』,『목욕하는 여인들』,『딩씨 마을의 꿈』,『핸드폰』,『눈에 보이는 귀신』,『나와 아버지』,『사망통지서』,『타푸』,『여름 해가 지다』,『사람의 목소리는 빛보다 멀리 간다』,『풍아송』등 90여 권의 중국 저작물을 한국어로 번역했다.

뤄잉 시집
문혁의 기억

초판 1쇄 발행 2014년 8월 8일

지 은 이 뤄잉 駱英
옮 긴 이 김태성

펴 낸 이 최종숙
펴 낸 곳 글누림출판사

책임편집 이태곤
편   집 권분옥 이소희 박선주 이양이 박주희
디 자 인 안혜진 이홍주
마 케 팅 박태훈 안현진
관   리 이덕성

주   소 서울시 서초구 동광로46길 6-6(반포4동 577-25) 문창빌딩 2층(우137-807)
전   화 02-3409-2055(대표), 2058(영업), 2060(편집)
팩   스 02-3409-2059
전자메일 nurim3888@hanmail.net
홈페이지 www.geulnurim.co.kr
등록번호 제303-2005-000038호(2005.10.5)

정   가 8,000원
ISBN 978-89-6327-266-5 03820

출력/인쇄 · 성환C&P **제책** · 동신제책사 **용지** · 에스에이치페이퍼

* 이 도서의 국립중앙도서관 출판시도서목록(CIP)은 서지정보유통지원시스템 홈페이지(http://seoji.nl.go.kr)
  와 국가자료공동목록시스템(http://www.nl.go.kr/kolisnet)에서 이용하실 수 있습니다.
  (CIP제어번호: CIP2014021594)